集英社オレンジ文庫

異世界温泉郷

あやかし湯屋の恋ごよみ

高山ちあき

本書は書き下ろしです。

もくじ

ayakashi yuya no koigoyomi

イラスト／細居美恵子

異世界温泉郷
あやかし湯屋の恋ごよみ
ayakashi
yuya no
koigoyomi

秋になると、山中にある湯殿へと続く小径の脇に、野菊が咲く。

菊を見るたび、京之介の中にある記憶がよみがえる。

ひとつは幼い頃、泣きながら駆け下りた坂道。足元にはおなじような野菊が悲しいほどに美しく咲き乱れていた。二度と思い出したくない別れの記憶だ。

もうひとつは婚礼の日。

忘れもしない、大鶴の飛翔する美しい正絹の白無垢をまとったあの麗しい花嫁姿。きれいに結い上げた髪には、ひらきたての大輪の菊花が飾られていた。

彼女は手にした〈成婚の杯〉に映る、白無垢姿の自分を幸せそうに見つめていた。

――凛子。

名を呼べば、うっとりと慕わしげに自分を見つめ返してくる。

従順なのは、介添え役の猫娘たちが、ひそかに惚れ薬かなにかを飲ませたからだ。

気づいていたが、薬のおかげでもかまわないと思えるほどに幸福だった。この十年間、ずっと見守ってきた縁の糸を、ようやく手繰り寄せることができたのだ。

凛子を見つけてから、もの悲しい秋の空も、錦に染まった山野の景色も、野菊の群生も、目にするのがつらくなくなった。

明るく清廉なほほえみは、血に穢れ、孤独と悲しみに埋め尽くされた忌まわしい過去をきれいに忘れさせてくれる。母がくれた唐渡り（からわた）の甘い菓子のような、安らぎの象徴だ。

彼女さえ、このまま手の届くところにいてくれたら――。

第一章　狐のお面の妖

1.

「ねえ、お凛ちゃん。そろそろお仕着せをやめて、女将らしい着物に変えてもいいんじゃないの？」

猫娘の紗良が、番台に頰杖をつきながら言ってきた。

時刻は客足も遠のいてくる暁七ツ（午前三時）にさしかかっている。

この日、番台に座っているのは凛子だった。ふだんどおりの縹色のお仕着せに身を包んでいる。

「そうだべ。嫁いでもう半年だべ。旦那様もそう勧めてただよ」

客を待っていた鈴梅も番台にやってきた。

「さすがにそういうのはまだ……」

凛子は苦笑しながら言葉を濁す。

春にこの湯屋の主である京之介に連れてこられ、強引に婚礼させられて、一旦は人間界に帰してもらえたものの、その後、事件絡みでふたたびこちらに戻ることになり、それ以降はずるずると居座る羽目になっている。

季節は巡り、木々の葉が色づいて、ひんやりとした風が吹く秋になった。

妖と結婚なんて御免なので、はじめは離縁させていただきますと息巻いていたのだが、七か月が過ぎてもいまだに成立していない。

理由としては、手切れ金が払えないことが第一にある。

この世界では、婚礼時に〈成婚の杯〉なるものを酌み交わす。そうすると夫婦は久遠の契りで結ばれて、もし離縁を望むなら相手に手切れ金を払わねばならない決まりだ。

凜子は知らずにその酒を飲んでしまった。

だからこの湯屋を出るには、手切れ金——春にここに来て以降、凜子が働いて稼いだ俸給を差っ引いてもまだ残り三十八両（およそ三百万円）ほどの金を貯めなければならないのだ。

時給は千円ほどで、生活費や家賃は必要ないし、金遣いが荒いわけでもないから、地道に貯めればいつかは貯まる。けれど、奉公人の鈴梅や猫娘たちと賑やかな温泉街に遊びに行くと、きれいな簪やら甘いお菓子やらが誘惑してきてつい買ってしまうし、たまには料理屋でおいしいごちそうを食べたりもしてしまう。

そんなだから、貯金額に関しては牛歩の歩みといった状況だ。

そして最近は、凜子の気持ちの問題もある。

離縁するということはこの湯屋を、ひいてはこの温泉郷を去って、人間界に帰るということになるのだが、いざそれを実行することを考えると、なにかもやもやとして後ろ髪を引かれるような心地になる。つまり、離縁に対して迷いが生じているのだ。

ちなみに夫である京之介の方は離縁する気はまったくなし。里帰りもさせてやらないの一点張りでにべもない。

凜子としては、まだまだ謎めいている京之介のことを、もっと知りたいような、知りたくないような、自分でも説明のつかない妙な心持ちをもてあましているところだ。

「もうここへきて半年以上か……」

凜子は肩をすくめてつぶやいた。

今夜は、京之介が月に一度、開かれる湯屋組合の会合に参加して不在で、番頭の白峰(しらみね)も旧友が訪ねてきたとかでその妖と座敷に籠(こも)ってしまったので、番台は凜子が引き受けることになった。

通常、番台に座るのは湯屋の主か女将、もしくは番頭の三方のみで、一応、京之介の嫁である凜子も女将として座る権利はあるのだが、はじめのうちは凜子自身がまだ下っ端の奉公人扱いだから座ることはなかった。

ところが、夜道怪との一件があって、七夕を過ぎた頃から、ときおりここに座らされるようになったのだ。

猫娘の紗良が言った。

「お凜ちゃんたら、つまんないの。わたくしだったら思いっきり華やかな着物をおねだりして、堂々とここに座るわね。京之介さんならきっと喜んで、何枚でも高価なやつを買ってくれるわよ？」

「そうそう、部屋だって、いつになったらあたしの部屋を出ていくだ？　旦那様はいつでもお凜ちゃんと同衾したいって思ってるだよ」

「うーん……」

そういうのをやったらもう永久に離縁できないような気がする。それ以前に、彼に対する気持ちがなんなのか、自分自身でもよくわかっていない状態だ。

そこで新しいお客が入ってきた。

「いらっしゃい。ようこそ湯屋〈高天原〉へ」

凜子は番台に座ったまま、いつものようににこやかに声をかけて迎えた。

客は凛子と同じ二十歳かもう少し上くらいの年恰好で、赤い差し色の入った縞模様の袷に、大きめの風呂敷包みを抱えている。着替えでも持参したのだろうか。髪は顎先くらいに切りそろえたショートボブで、颯爽とした印象の顔立ちだ。

妖力が強い者ほど、完璧に人に化けられるというが、たいていはみな、猫耳なり、尻尾なり、牙だったり角だったり、なんらかの特徴的な部分をわざと残して化けている。それは自分の特性への愛着の表れでもあったりして、凛子はほほえましく思っているのだが、この客には妖らしい特徴はいっさいなく、一見して人間にしか見えない。

もの凄く強い妖なのだろうか。あるいは、人間か――。

女性は懐から湯銭を取り出す気配はなく、いきなり凛子の顔を覗き込んで、

「あなたが女将の、お凛さんですか？」

そう問いかけてきた。

「はい、そうです」

表向きは女将である。

「人間の……？」

「はい」

凛子が人間であるところに注目してくる客は決してめずらしくはないのだが、番台に居

合わせた鈴梅と紗良はやや警戒した。

「よかった、あたし、七緒(しちお)っていいます。あたしも人間なんだ」

七緒と名乗った女性は、ほっとしたようすで笑った。笑うと目が蒲鉾(かまぼこ)みたいな形になって人懐っこい顔になる。

「お客さんも人間なの？」

凛子は目を丸くした。

「そうなんです。七緒って呼び捨てでいいよ。……実は薬屋さんから女将のあなたを紹介されて、ついでに預かり物もあって」

七緒は、はきはきと喋(しゃべ)りながら袂(たもと)を探ってなにか取り出そうとする。

「薬屋さんて、卯月(うづき)のことだべか？」

鈴梅が横から問う。

「そうそう、九尾(きゅうび)の狐とか言ってた。しっぽがたくさんある派手な男」

取り出されたのは、いつも薬屋の卯月が薬草を入れるのに使っている紙袋だ。

受け取って中を見てみると、陳皮(ちんぴ)がどっさりと入っていた。

「たしかに一昨日(おととい)、卯月にこれを注文したわ」

七緒が卯月と知り合いなのは間違いないようだ。

凛子は「ありがとうございます」と礼を言ってから、

「卯月は、なぜお凛ちゃんのことをあなたに紹介したのかしら?」

紗良が不思議そうにつぶやく。

卯月のことだから、ろくでもないことを言っていそうだと不安になりつつ、七緒の答えを待っていると、

「女将さんが、居場所を確保してくれるって……」

図々(ずうずう)しいと思ったのか、七緒はここだけはやや控え目に言った。

「居場所……?」

「あたし、ついこのまえ、恋人を病気で亡くしてしまって。……そうしたら、死んだ恋人に会わせてやるって言う謎の女があらわれたんだ」

「謎の女……?」

「うん、銭湯に浸かっていたら、派手な感じの美女が話しかけてきたのよ。おまえは妖なんだから一緒に黄泉(よみ)の国にいくぞって。それが薬屋さんで」

卯月が女形に化けていたのだろう。凛子もそうやってここに連れられてきた。

「でさ、あたしはなに言ってるんだって断ったんだけど、強引にここに連れてきて、たしかに死んだ恋人には会わせてくれて、ゆうべ、彼を黄泉の国に見送ったばかりなの」

七緒の口調や表情がややしんみりした。

この温泉郷は黄泉の国に繋がる黄泉平坂にあるから、死人でも四十九日の間はこの温泉郷に留まれるという。その間に会うことが叶ったのだろう。

「………」

愛しい人と永遠に別れて間もないのだ。なんと声をかけるべきかわからず、凜子は言葉をつまらせた。鈴梅や紗良までが黙り込んでしまったので、

「あ、いいの。みんな、そんな沈まないで。気持ちの整理はついたところだから大丈夫」

七緒はくだけた口調で明るく言った。

「七緒さんは、実は妖だか……？」

鈴梅が気をとりなおして問う。

「まさか。ずっと人間界で暮らしてきた人間だよ。あ、でも二年くらい前の記憶までしかないんだけどね」

「記憶喪失なの？」

凜子は目を丸くする。

「そうみたい。彼と出会ってしばらくのことは彼から教わったからわかるんだけど、それ以前のことはさっぱり……」

病院に行っても記憶障害と診断され、無理に思い出そうとすると頭痛が伴うので、自然に思い出すのを待っているのだという。

「実はお腹に赤ちゃんもいるのよ」

そう言って七緒は、風呂敷包みをずらして下腹のあたりを撫でる。

「身重だっただか！」

これには凛子も鈴梅も紗良も驚いた。

「それって亡くなった恋人の子なの？」

と紗良が問う。

「そうなんだ。今、三か月に入ったくらい。……それで、薬屋さんに元の世界に帰してって頼んだんだけど、おまえは妖だからこっちに住めって説教されて、この世界には住むところがないから住めないと言ったら、この湯屋の女将が人間だから、そこでなんとかしてもらえって」

斡旋の証拠として、卯月は生薬の袋を持たせたのだろう。

「さすが卯月、安定の無責任ぶり……」

勝手に人間の妊婦を妖呼ばわりして攫っておきながら、凛子に丸投げするとは。

七緒はタフなタイプのようで、見たところ異世界に連れられてきて不安がっている様子はない。あるいは、もともと妖が見えていた人なのかもしれないが。

「どうする、お凛ちゃん。今日は旦那様が不在だべよ。白峰様もお座敷でお客さんとなにか話し込んでるだ」

鈴梅がこちらを仰いで訊いてくる。

「間が悪いわね」

凛子は腕組みしてつぶやく。

人間は狙われやすいから、このまま追い返しては危険だし、なにより身籠っている人を見放すことはできない。

面倒を見ると言って抱え込んだところで、それが厄介事の種になっても困るのだが、卯月が寄こした相手なら、おそらく悪い相手ではないはずだ。

「宿舎にはまだ空き部屋があったよね？」

凛子は鈴梅に訊き返す。

「あるだよ」

「じゃあ、とりあえず、今夜はそこに泊まってもらおうか」

凛子が言うと、肩先や番台の隅っこにちょろちょろしていたオサキ――正確には狗神の使い魔・狗神鼠だが、凛子はずっと狐の妖であるオサキと勘違いしていたのでそのまま呼

び続けている——が、

「イイヨ、イイヨ」

と口々に言ってくるくると跳ね回る。

オサキの言うことはアテになったりならなかったりなので、あまり意味がないのだが。

「ありがとう、助かります」

七緒がうれしそうに笑って頭を下げた。

そろそろ夜明けも迫ってきた。

もう少ししたら、京之介が帰ってくるはずだから、先のことはそれから話し合おうと凛子は思った。

2.

夜が明けて湯屋が閉店したあと、凛子は七緒とふたりで中庭の大湯に入った。

七緒に妖(あやかし)が見えるようになったのがいつからなのかは、本人もわからない。ただ、少なくとも記憶障害になってからは、ときおり妙なものが見えていたそうだ。

恋人曰(いわ)く、記憶障害の影響だろうとのことだったので、本人もそう思い込んでいたが、こうして本当に妖の世界があることを知ってたいそう驚いたという。

妖にはだいぶ慣れているが、さすがに一緒に入るのは怖いらしく、凛子の仕事が終わるのを待っていたのだった。

京之介は、まだ帰らない。

湯屋組合の会合は、毎度、日が昇る頃にしか解散にならないのだが、今回は開催地が西の端の遠方なので、移動に時間がかかっているのだろう。

中庭も秋の気配が深まりつつあって、木の葉がオレンジや黄色、赤色などに紅葉して美しい。石畳に落ちたどんぐりやヤマボウシの実も愛らしく、若葉のみずみずしかった夏とはまた風情が異なり、深みのある眺めに様変わりしている。

凛子は七緒と色々なことを話した。

七緒の年齢は二十四で、亡くなった恋人とは横浜に住んでいたという。

恋人は四つ年上の電機メーカーに勤めるサラリーマンで、彼曰く、七緒は中華街でウェイトレスのバイトをしており、ふたりはそのお店で知り合ったのだそうだ。記憶をなくして目を覚ました朝、枕元にいたのが彼で、そのなれそめを聞かされたとか。

「はじめはだれこいつって思ってびっくりしたんだけど、恋人なんだって聞かされて同棲してるうちに愛着が湧いてさ。ずっとあたしが書いてたらしい恋日記もあったしね」

「恋日記?」

「うん、〈恋ごよみ〉っていう古めかしいタイトルで、感情の移り変わりを季節の変化と一緒に綴ってあるの」

「へえ、素敵」

「そう? あたしは読んで笑っちゃったよ。『梅雨に入って、隣のベランダの鉢植えの桔梗が咲きはじめた。花言葉は永遠の愛。あの花をかの人から贈られたい。今日もお店で顔を合わせたら、もうあとは目で追うしかなくなって――』みたいなノリよ」

「おもしろそう。出会いから書かれているの?」

「そう。あとで読ませてあげようか? 記憶がないせいか、なんだか他人の日記みたいでさ」

だからこそ、抵抗なく人にも読ませられるのだという。

恋愛経験なしの凛子にはよい参考になりそうだ。

「ありがとう、興味あるわ」

「薬屋さんが言うには、こっちの世界じゃ日記のことをこよみというらしいよ。で、恋愛の経緯が書かれた〈恋ごよみ〉っていうのは読み物としての値打ちがあるらしくて、けっこう高値で売れるんだって」

「そうなの？　知らなかった。他人の恋愛が娯楽のひとつになるってことなのね」

「そう。だからやっぱりおまえは妖で、きっとその日記はこっちの世界で売るために書いてたんだろうって言ってた。あたしは記憶の手がかりになるものだし、大事な彼との思い出だから売る気はないけどね」

　たしかに手放しがたいだろう。

「彼は施設育ちで、あたしもどうやら父子家庭でさみしく育った子だったらしくて、子供ができたとわかったときは、ふたりしてものすごく喜んだわ」

　七緒はお腹に手をやりながら言う。

　凛子も片親育ちのせいか、あたたかい家庭というものへの憧れはある。もちろん母がいてくれた頃は満たされていたけれど。

「でも、結婚しようって言ってくれた矢先に、彼が亡くなってしまったの」

「彼はなんの病気だったの？」

　いつから闘病していたのだろうと思いながら問うと、

「心疾患よ。職場で倒れて、そのまま。……あまりにも急で、身寄りのない人だからあたしが葬式を出したんだけど、そのあとしばらくは抜け殻のようになったわ」

　お腹に子がいなかったら、悲しみを乗り越えることができたかどうかわからないという。

七緒は湯の中でお腹を撫でながらしみじみと言う。

「あたし、この子がとっても大事よ。いままでは自分の命が一番大事だったけど、妊娠してから、自分の命よりも大事なものができたなって思ったんだ」

「自分の命よりも――……」

凛子もお腹に手をあてて想像してみる。たしかに愛しい人の子がお腹に宿ったら、なにも増して守りたいという気持ちになるかもしれない。その人を亡くしてしまったあとなら、なおさら――。

「でも、〈恋ごよみ〉によると、どうやら彼との仲を父親に反対されていたみたいなんだよね……」

七緒の声が萎れたように、格段に小さくなる。

「お父さんが?」

「うん。たぶん、結婚するなら縁を切るって、勘当されたみたいな感じ」

「どうしてそんなことに……」

父子家庭なら、たったひとりの家族である娘のことは大事にしそうなのに。

「わからない。彼もあたしの父には一度も会ってなかったから」

「一度も?」

「うん。あたしとは、勘当される前まではときどき会って話してたみたいだけど、今は連絡がとれなくて……」

妙なことに、スマホのアドレス帳に父らしき名前はないし、写真も一切なくて、記憶をなくしてからは一度も会ったことがないのだという。

「〈恋ごよみ〉に、なにかお父さんのことは？」

「ときどき父とふたりで会ったときのことが綴られているだけ。毎度のように、『父はあいかわらず彼のことが気に入らなくて、今日も認めてくれなかった』って寂しそうに書かれてるの。……もしかして、父との間になにかものすごいショッキングな出来事があって、それが原因で記憶をなくしたのかなって思ったりもするんだ。医学的に、そういうケースもありえるんだって……」

七緒はそういって表情を寂しげに曇らせる。

父に、会ってみたいのだろう。日記に綴っているということは、七緒にとって大切な人であったはずだからだ。

「お凛ちゃんは人間なのに、どうしてこっちの世界にいるの？」

七緒が話を凛子にふってきた。

「うーん、なりゆきっていうか、なんていうか……」

凛子はこれまでの経緯をかいつまんで簡単に話した。

幼い頃、狗神を助けたこと、それによってこの温泉郷に攫われ、その狗神の花嫁にされてしまったこと。

離縁したいとずっと思っていて、そのための手切れ金を貯めていること。

はじめは人間というだけで見下され、差別気味の態度をとられていたけれど、最近、みんなが優しくなって、凛子自身もここでの暮らしも悪くないなと思いはじめていること――。

「それなら、もうずっとこっちにいればいいんじゃないの？　元の世界に待っている家族もいなくて、大して愛着がないならさ」

七緒はさっぱりとした顔で言った。彼女自身が、自分のこともそう考えているふうだ。遡って過去二年分しか記憶がないとなれば、郷愁なども薄いかもしれない。

でも凛子にはつらいながらも、しっかりと二十年分の思い出があって、その世界を切り捨てる決心はいまいちつかないでいる。もちろん、二度と帰れないわけでもなさそうだから、すべて切り捨てる必要はないのかもしれないけれど。

ふと凛子は、七緒の左手首に、紐で編んだ腕飾りがあるのに気づいた。

薄紫色と水色と青色の紐が精緻に撚り合わさって、一本の平紐になっている。

「きれいに編んであるね。自作？」

凛子が興味を惹かれてたずねてみると、

「あ、これね、記憶がなくなる前からしてたから、なんだかわからないんだ」

「亡くなった恋人も知らなかったの……？」

「うん。気づいたら嵌めてたんだって。けっこうきつそうでしょ？」

「たしかに」

飾りならもう少し余裕があってもよさそうなのだが、ほとんど手首に巻きついている印象だ。

「最近、朝とか手足がむくみ気味だから外したくなるんだけど、きつくて抜けないから、鋏で断つしかないんだ。でも断ってしまったら終わりでしょ？　なんだか記憶を取り戻すゆいいつの手掛かりを失うような気がして惜しくて。……かといってほどこうとしても変に絡まってしまってほどけないんだよね」

だから仕方なくつけたままにしているのだという。

紐、ほどけない、と聞いて、一瞬、呪糸のことが脳裏をよぎったが、まさかこんな飾り物風に編まれたものまでがそれとは思えない。

「私、そういうのほどくの得意だから、あまりにも痛かったりしたら言ってね」

凛子は一応、そう伝えておいた。

3.

風呂からあがった凛子と七緒が宿舎の大座敷で涼んでいると、ようやく京之介が湯屋組合の会合から戻ってきたと鈴梅が知らせをくれた。

京之介が宿舎の大座敷まで来てくれたので、凛子が七緒を紹介して経緯を話すと、京之介は彼女とあたりさわりのないことを少し話したあと、当面はうちに寝泊まりすればいいと言ってくれた。

京之介のことだから、会話を通して相手が何者かを見抜いたはずだ。

ここに逗留(とうりゅう)するのを許したということは、特になにも害のない、ふつうの人間なのだろう。

と、凛子は思っていたのだが——。

「彼女は人間ではないね」

宿舎の大座敷を出てふたりきりになると、本館に戻る渡り廊下(ろうか)で京之介が言った。

「えっ」

凛子は思わず足を止めた。

ふりかえった京之介も足を止め、中庭の大湯など眺めながら続けた。

「お腹の子は人間の血をひいた半妖だが、彼女自身は妖だよ」

「そうだったの？　じゃあ、卯月が彼女に言っていたことは本当だったんだ」

おまえは妖だと指摘されたと七緒が言っていた。

「記憶をなくしているようだから、自分が妖であることも忘れてしまったんだろう」

「ところで、なんの妖なの？」

「そこまでは俺もまだ見抜けない。変化したこと自体も忘れてしまっているようだが、きれいに化けているところを見るとかなりの大物か、あるいは、すべてが彼女の芝居かもしれない」

「えっ、七緒さんが記憶をなくしたふりをしているということ？」

凛子は目を丸くする。

「そう。いずれにしてもわけありだな。だからこそ卯月も人間の郷からこっちに連れ戻したんだろう」

「七緒さんが妖だったなんて……、湯屋のみんなはひとりも気づかなかったわ」

さすが狗神は鼻が利く。

「お腹にいるのは人間の血をひく子だから、その気配でみんな信じてしまったんだろう」

京之介はふたたび本館に向かいながら続ける。

「郷奉行に連れてこうか？　本来ならば彼らの管轄だ」

たしかに、なにか問題が起きてからでは遅い。

「うーん、でもさっき一緒にお風呂に浸かって話した限りでは、悪い妖には見えないし、人間の郷で暮らしていたのは事実だと思うし」

会話の感じからすると、わざわざ詰め込んだ知識を喋ったという印象ではなかった。実際に向こうで暮らしていたはずだ。

「それに、人の子がお腹にいると思うとなんだか放っておけない」

自分とおなじ人間の血をひく子が宿っているなら、なおさら親近感をおぼえてしまって別れがたい。この温泉郷で人間に会えることは極めて稀なのだ。

「まあ、卯月もそこを考慮してこの湯屋に託したんだろうね」

郷奉行所に連れて行っても、結局は与力の征良がここに預けてきそうな気もする。

「記憶が戻るか、もしくは彼女からなにか話してくれるのを待とうか」

京之介が提案してくる。

「ありがとう、京之介さん」

凛子は京之介の寛容さに感謝し、ほほえんだ。

京之介も実は半妖で、母親が狗神ではなく人間だ。七緒のお腹の子は、彼とおなじ半妖として生まれることになるから気になるのかもしれない。

4.

翌日の夕方。

凛子は、両替商にお遣いを頼まれた鈴梅に便乗して、温泉街にある卯月の薬屋へ行くことにした。

つわりのある七緒のために、症状に効果のある薬湯やお茶を淹(い)れてあげようと考えたのだが、不足している薬材があって、それを購入しに来たのだ。

妖(あやかし)たちが出歩くのは夜のほうが圧倒的に多い。日没頃の温泉街はちらほらと妖が出ていて、少しずつ賑(にぎ)わいはじめている。

朧車(おぼろぐるま)を降りた凛子は、両替商の前で鈴梅と別れ、徒歩で薬屋へ向かった。角地にある薬屋まではほんの一分ほどの距離だ。

「ごめんください」

きた。

濃紺(のうこん)ののれんをくぐり薬屋に入ると、「まいどー」といつもの気だるそうな声が返ってきた。

中にはすでに先客がひとりいた。髪の毛のかわりに細い蛇が生えている。蛇女だろうか。

「おう、お凜か。陳皮(ちんぴ)は受け取ってくれたか?」

尻尾(しっぽ)をふわつかせた卯月が、木製のカウンター越しに、蛇女へ薬草入りの紙袋を手渡しながら声をかけてきた。あいかわらず華やかに飾りたてた水干姿(すいかん)だ。

「ええ、ありがとう。七緒という方からいただいたわ。なんだかわけありの妖みたいだけど」

知っていて〈高天原〉に寄こしたのだろうと視線で問うと、

「人間絡みの事件はおめーの得意分野だろ」

と、悪びれもせずに言う。

「たしかに人間と聞いたら放っておけないわね。とりあえず、あの人はうちに居候(いそうろう)してもらうことにしたわ。京之介さんも許してくれたし」

「そりゃよかった。で、今日はなにを買いに来たんだ?」

「半夏(はんげ)と茯苓(ぶくりょう)を。それから厚朴(こうぼく)と蘇葉(そよう)もお願いね。あとは……レモンバームはある?」

凛子が卯月の背後にずらりと並んだ無数の薬棚(くすりだな)を見ながら訊ねると、

「そいつはないが……、おまえ、まさか――！」

卯月がぎょっと目を瞠（みは）って言った。

「おめでたなのか？」

「はっ？」

凛子のほうが目をむく番だ。

「そうか、ついにできたか。半夏に茯苓、こいつに生姜（しょうきょう）を足せば悪阻（つわり）に効く薬になるもんな？　ああ、なんだよおまえら、なんだかんだ言ってよろしくやってんじゃねえか」

「ち、ちがうよ、勘違いしないで。これはお客さんの……、ほら、あんたが寄こした七緒さんのためよ。彼女は身籠（みご）っていたでしょう？」

大変な誤解だ。

「知らねーよ。いや、あいつだけじゃないだろ、実はおまえもデキちまったんだろう。三代目もこれでいよいよ父親かあ、〈高天原〉はめでたいこと続きだなっ」

卯月は浮かれたようすで薬棚の引き出しから生薬を取り出し、紙袋に入れていく。

「だから誤解だってば！」

凛子が赤くなりつつ否定するが、卯月は聞く耳を持たない。

「ああ、わかったよ。わかったからおまえも精のつくもん食って大事にしてろよ」

「わかってないわね」

「あのー」

そこで凛子のとなりで会話を聞いていた先客が顔を突っ込んできた。

「おめでたなんですか？　おたく、湯屋〈高天原〉の女将さんですよね？」

「そうだけど、誤解ですよ。赤ちゃんなんていないから！」

凛子はきっぱりと否定した。おめでたどころか離縁を控えている身だ。最近は忘れがちだが。

「おめでとうございますぅ。元気な赤ちゃん産んでくださいね。クス」

蛇女が笑いながら言った。にこり、というよりは、にやり、という感じの笑みだった。

それきり、含みのある目をして凛子のお腹をじろじろ見ながら、「お先に」と手をふって薬屋を出ていく。

「ちょっと、あんたのせいであの人にも誤解されてしまったじゃないのっ」

凛子はバンっ、とカウンターを叩いて怒った。

「あ、やべー。あいつ、かわら版の刷り処でバイトしてる女だったわ」

卯月がペロリと舌を出して言った。

「ええっ、じゃあ下手したらニュースになって温泉郷中に広まるじゃないの」

「まあ、かわら版の内容は、半分が与太話だとみんなわかってっから気にすんな。嘘ネタはたいてい七十五日で忘れられるもんだしな」

「他人事だと思って……」

適当な卯月を恨みがましく見やる。

「事実にするために今夜から頑張れば？　効果覿面の精力剤おまけしといてやんよ？」

「いりません！」

凜子はなんだか恥ずかしくなりながら、頼んだ生薬だけを受け取ってさっさと薬屋を後にする。

この顚末が、まさか湯屋〈高天原〉を揺るがす大事件に繫がるとは、このときは思いもよらなかったのだった。

5.

まったく誤解もいいところだ。薬材はきちんと入っているのだろうか。

薬屋を出て、鈴梅の待つ両替商に向かう途中、凜子は歩きながら紙袋の中を覗いて確かめた。

するとうと中身に気をとられていたために、うっかりだれかと肩がぶつかってしまった。

しゃらん……と耳に覚えのある水琴鈴の音がして、足を止める。

水琴鈴とは、鈴彦姫が作ってくれる魔除けに効果のある鈴のことだ。非力な人間である凜子は他の妖から狙われやすいので、それを防ぐためにと、京之介が持たせてくれているものだった。

今、凜子が身につけている鈴は実は三つ目で、一つ目は人間界に置いてあり、二つ目は夏に雪妖に襲われたとき、何者かに奪われてしまった。

はじめ、自分の帯飾りの水琴鈴が鳴ったのかと思ったが、そうではなかった。相手もおなじものをつけていたのだ。

「すみません」

詫びながら顔を上げると、相手は狐のお面をかぶった男だった。

「あ……」

お面はどこにでも売っているものだが、ほのかに鼻先をかすめる荷葉の香りにははっきりと覚えがあった。

髪の色は黒い。それは、今日はじめて認識した――。

「あなたは……」

　初夏に、お遣い先の妓楼〈風間屋〉で会った狐のお面の男ではないか。お座敷を覗いている凛子に向かって「退け」と言った。そしてその座敷に入っていった妖だ。座敷の中にいたのは夜道怪という悪党だった。夜道怪はその後、郷奉行所に捕まったが。

　凛子はもう一度、男が帯にさしている水琴鈴に視線を戻した。

　高価な特注品で、同じデザインのものはふたつとないと聞いているから、見覚えのあるこの花結びの水琴鈴はまぎれもなく、京之介が凛子に贈ってくれたものだ。

「その水琴鈴――」

　凛子は無言のままこちらを見下ろしている男をふたたび仰いだ。

「どこで手に入れたんですか？」

　遠回しに、私から奪ったものではないかとほのめかすように。

　もし奪ったのなら、夜道怪の一味に襲われた凛子が、彼らの氷室に閉じ込められていたときだ。あのとき、凍えて意識が朦朧としていた凛子から、水琴鈴とオサキを奪っていった妖がいた。

　なぜかそのあと、その妖によって氷室から出してもらえたようなのだが。

　数拍の間があった。

　相手はお面をつけているから表情が見えない。

「おまえから、奪った」

男は水琴鈴のついた帯飾りを、彼の角帯から抜き取りながら答えた。

「やっぱり、〈風間屋〉で会った妖なのね……」

冷たく棘のある感じの声音は、たしかに聞き覚えがあった。

「返してください」

凛子が手を差し出すと、男はすいとその手を引いた。

「返さない。おまえなんかにはもったいない」

そう言って踵を返し、歩き出す。

「もったいない……?」

たしかに高価なものではある。

妓楼のときとおなじで、男の声は若い。やはりあのときの妖に間違いない。今、温泉街を自由に出歩いているということは、あの事件では郷奉行に捕まらなかったということだ。

「待って。あなたはだれなの……?」

なにか縁のある相手のような気がして凛子はそのあとを追う。

訊きたいことはほかにもある。夜道怪とはどういう関係だったのか。なぜオサキがみんな、ついていってしまったのか。なぜ氷室から出してくれたのか。

良い縁か悪い縁かはわからない。ただ、なんだか胸がざわざわとして、このまま沢山の謎を残したまま別れるわけにはいかない気がした。

凛子はお面の男の後ろ姿を追いかけたが、辻角に来たところで、食事処からわらわらと出てきた傘お化けたちに視界を遮られた。

「あ」

そのほんの短いあいだに、ぱたりと姿を見失ってしまった。

「どこいっちゃったの……?」

きょろきょろとあたりを見回すが、どこにもお面の妖の姿はなく、さあぁと秋の風がすり抜けてゆくだけだ。

「水琴鈴が私にはもったいないって」

まるで凛子を卑しめるような言い草だった。

せっかく水琴鈴のありかがわかったのに、素顔も名前もわからない相手では追及のしようがない。次会えるのだって、いつになるかわからない。

一体何者だったのだろう。

結局、水琴鈴も返ってこないままで、謎は深まるばかりなのだった。

第二章　女将のご懐妊

1.

七緒を〈高天原〉の宿舎に居候させて五日が過ぎた。

その日、湯屋が開店する二刻ほど前。

凛子は自分の持ち場である釜場の薬部屋——薬湯を立てるための薬材が置かれた小部屋で、百々爺とふたりで棚の整理整頓をしていた。

おとといの真昼九ツ（午前十一時）頃にわりと大きな地震が起きて、棚からいくつかの生薬が瓶ごと落下して割れてしまった。

そのため薬材の一部が、床の上に飛び散ったガラスと混ざって使い物にならなくなったので、あらたに買い揃えた瓶に中身を詰めなおしているところだ。

「まったく厄介な地震じゃったな」

百爺がガラス瓶を包みから取り出しながらぼやく。

奉公人たちがみな、寝静まったあとの地震だった。

凛子は寝床で七緒から借りた〈恋ごよみ〉を読んでいる最中だったのだが、棚から物が落ちるほどの激しい揺れだったので、気になって持ち場を確認しに行ったら薬棚が大変なことになっていた。

「けっこう揺れたからびっくりしたわ。温泉郷にも地震があるなんて知らなかったから」

凛子は薬材を、百爺から受け取った瓶に入れながら言う。

「めずらしいのだがな。大鯰（おおなまず）が暴れたのかのぅ？」

爺が言ったところへ、

「お凛ちゃん、お凛ちゃんっ」

鈴梅（すずうめ）が驚いたようすで薬部屋に飛び込んできた。

「どうしたの、鈴梅？」

鈴梅はまだ就労時間前のはずだ。

「これを見るだ」

彼女が示してきたのは、最新のかわら版だ。発行日は昨日である。

「『湯屋〈高天原〉の女将（おかみ）、ご懐妊』って書いてあるだ。なんで黙ってただかっ？」

「なぬっ、おめでたじゃったのか、お凛」

百爺までが真に受けて仰天する。

「違う違うっ。これはちょっとした勘違いがあって」

やっぱりニュースになってしまった。あの蛇女のせいだ。

「勘違い？　旦那様とのおややができたんじゃないべか？」

「ないない。そもそも寝床も違うのに子供ができるわけがないでしょ」

凛子は鈴梅と相部屋のままだ。

「まったく、そのような誤報が出回って迷惑千万ですね」

会話に割って入ってきたのは白峰だ。かわら版にはすでに目を通しているらしい。

「なんじゃ、白峰。湯屋にとってめでたい話ではないか。かえって繁盛するんではないか？」

「実際に身籠っていればめでたいが、ガセネタなのがいけないのです。この先、どう弁明するおつもりです？」

「かわら版でもう一度、あれは嘘でしたと報じてもらうしかないかな……」

凛子が考えながら言うと、

「なんとも野暮な話ですね。それでは、我が湯屋の足をひっぱりたい連中の格好のエサになります。客寄せのためにホラを吹く湯屋だの、誤認されてしまう脇の甘い女将だの、あのふたりは実は仮面夫婦だなどと、こぞって中傷するでしょう」

　どのみち、決してプラスにはならないのだ。だから京之介も動かないのだという。

「私のせいだから悪かったと思ってます。ごめんなさい」

　凛子は潔く頭を下げた。

「気にせんでも。お凛の腹が膨らまなければ、みな、七十五日で忘れるか、なにかあって生まれなかったのだなと悟って終わるじゃろ」

　百爺が楽観的に言う。

「まあ、その通りです。私が怖れているのは、記事を事実にしようと無駄なあがきをすること。くれぐれも急いで子作りしようと旦那様を誘ったりはしないように」

「はいはい。いたしません」

　白峰はあいかわらず凛子がこの湯屋の嫁になったことが気に入らないようだ。以前、京之介が、雪妖にやられた凛子を同衾して介抱してくれているときも、わざわざ釘を刺しにきた。

　凛子としても内心迷いがあるとはいえ、離縁すると言い張っているのだし、まだ二十歳なのに子供など考えられないので、邪魔されるのはむしろありがたいのだが。

「ところで何の用ですか、白峰さん。このことを言いに来たの?」

白峰が薬部屋まで来ることはめずらしい。なにか緊急の用があるときくらいだ。

「ああ、実は〈憑き物落としの湯〉で大変な事件が起きまして、爺殿に来ていただきたく」

白峰が百爺を見て告げた。

〈憑き物落としの湯〉とは、湯屋のとなりにある山のふもとに湧く自噴泉だ。簡単に、はなれの湯とも呼ばれている。

「なんじゃや白峰、はなれの湯になにかあったんか?」

百爺が呑気に訊き返すと、

「湯が枯渇してしまいました」

白峰はあくまで冷静に告げた。

2.

湯屋〈高天原〉の中庭から北に延びる小径を歩いていくと、となりの山に繋がっている。

その山路を三〇〇メートルほど登ると、〈憑き物落としの湯〉と呼ばれる岩風呂がある。

そこはほかの貸し切り湯とおなじく予約制である。

文字通り、悪い憑き物がとれて心身ともに浄化される霊湯として人気で、遠方から噂を聞きつけてやってくる妖も多い。憑き物といっても些細な邪念とか、憂さなどがほとんどで、要するに不快なことを忘れて英気を養うための癒し湯である。

本物の悪鬼に憑かれた湯客が来ると、それが湯に残るため、退治・処理する専門の奉公人もいるそうだ。

季節は秋になり、あたりの落葉樹も紅葉しはじめて美しいので、このところひきもきらずに客が訪れる。

その人気の湯が、枯渇したという。

「湯が干上がったとな？」

百爺が凛子たちと共にたどり着くと、皆が一斉にこちらを向いた。物知りの爺の見識を仰ぎたいのだろう。

すでに京之介もいて、他の奉公人たちとともに岩に囲まれた湯槽を見下ろしていた。

みな、一様に深刻な顔をしている。

見ると、湯槽の底にわずかに水溜まりがある程度で、いつもは滾々と湯が溢れ出ている岩の隙間の湧出口からも一滴の湯も出てきていない。

「今朝、ちょうど湯抜きをして掃除をさせまして、通常は二刻（四時間）で湯槽が満たされるはずなのですが、さっぱり出てこんのです」

河童（かっぱ）の湯守が眉（まゆ）をハの字にして説明する。

「……こんなことってあるものなの？」

凜子が干上がったとしか言いようのない湯槽を見て目を丸くしていると、

「むろん、あるぞよ」

百爺が頷（うなず）いた。

温泉は、地中に染み込んだ雨や雪が地下水となって、地熱であたためられたものだ。

地下水脈は地殻（ちかく）変動や地表の環境の変化によって変わるので、地震が起きていきなり温泉が噴出しなくなったり、一時的に止まってしまうことはありえるのだという。

人間界でも、温泉ブームによる過剰な源泉掘削（くっさく）の影響で、湯枯れが増えているのだそうだ。

「ふつう、湖や川の近くだったり、海に面している源泉は枯れにくいものなのじゃが……」

答える百爺の表情はいつになく険しい。ここはとなりに三途（さんず）の河が流れているおかげで、過去に枯渇したことはないというのだが。

白峰が、

「参りましたね。もうじき温泉番付の発表の時期だというのに、このような弊害が生ずるとは」

「湯屋の評判を落とすために干上がっているようなものだな」

　京之介も嘆息して言う。

「まさしく、それを狙って故意に枯渇させているのかもしれません」

「故意にこんなことができる人がいるの？」

　凛子はぎょっとする。温泉の噴出を止められるなんて。

「地震を起こす大鯰を操れる妖の一族というのは存在します……」

　白峰が、なぜか、ちらと京之介のほうを見てから答えた。

　どうやら存在するようだ。

「爺はどう見る？」

　京之介が百々爺に問いかけると、爺は首を捻りつつ、

「うーむ、先日の地震で湯脈が変わった可能性が高いが……」

　たしかに地震は起きたが、それが原因かどうかは断言しきれないようすだ。

「いずれにしても間の悪いことですね」

　みな苦い表情のまま、干上がった湯槽を見下ろしている。

異様な眺めには、凜子も胸騒ぎを覚えずにはいられない。

しかし、このままみなで湯槽を眺めていても仕方がないということで、担当の湯守を残して、ひとまず各自、持ち場に戻ることになった。


凜子が中庭に続く細い山路を下りはじめると、京之介がうしろから話しかけてきた。

「最新のかわら版を見たかい?」

凜子はどきりとした。

「あ、あれね……、ひどいガセネタで……」

気まずい笑みを浮かべてみせる。ネタがネタだけに、当事者同士で話すとなるとなんだか気恥ずかしい。

「だれかがタレ込んだようだが、心当たりはあるかい?」

京之介が、凜子とならんで山路を下りながら訊いてくる。

「ごめんなさい。たぶん、私のせいなの。実は卯月(うづき)のところでちょっと蛇女の記者に誤解されちゃって……違うって否定したんだけど、しっかりと記事になってしまったわ」

凜子はなぜか頬(ほお)までが赤くなるのを感じながらも、正直に言い訳した。

「いや、謝らなくていいよ。俺の願望を具現化した見事な記事だった」

「え……」

にっこりと満足げにほほえんで言われ、凜子は絶句した。

本気か冗談かよくわからないが、あいかわらず離縁など視野になさそうだ。

でも、そういえば七夕の夜に、凜子を花嫁にしたのは、子が欲しいからだと告げられた。

願望というのは本当なのかもしれない。

京之介には寿命を奪う呪詛がかかっている。

呪詛したのは京之介の因縁の相手だというが、詳しくは聞かされていない。

呪いは、緩めることはできても、完全に解くことは不可能だ。残された時間はあと数十年で、凜子と同じくらいか、少し長いくらいだそうで、人間の凜子からしてみたら十分だが、百年を超えるのがあたりまえの妖にとっては痛手である。

だから、格下とされる人間の凜子を自分が娶って幸せにしてやることで、昔、助けてもらった恩返しをしつつ、死ぬまでにこの湯屋の跡継ぎを儲けるというのが彼のシナリオなのだ。

「こういうのってどうしたらいいのかな。郷中の妖たちが誤解してるわけでしょ？」

客からもいろいろと囃し立てられそうだ。

「まあ、遅かれ早かれ実現することだから、放っておけばいいと思うよ」

「実現するの？」

またしても楽観的な発言をするので、凛子は呆（あき）れてしまった。

半妖とはいえ妖として生きてきた時間も長いし、この大きな湯屋を切り盛りしてゆかねばならない身だから、物を見る尺度が根本的に凛子とは違うのかもしれない。

ここまで相手にされないと、凛子も、自分がひどく視野の狭い生き物に思え、ひとりで空回（からまわ）りしているみたいで馬鹿らしくなってくる。

七緒が言うように、このままこの温泉郷で暮らしていけばよいのではないか——などと、本気で思えてきたりもするのだった。

3.

はなれの湯が枯れて三日が過ぎた。

あいかわらず湯水の湧出する気配はなく、湯屋の面々は焦るばかりだ。表向きには点検中として客の立ち入りを禁じているから、外部に情報が広がる心配はないものの、閉鎖期間が長引けばよからぬ噂も立つだろう。

情報が広がって困るといえば、凛子がまさにその状況に陥っていた。

かわら版で拡散されたご懐妊のニュースのために、客から祝われたり、からかわれたり、果ては腹帯まで持ってきてくれる常連客も出る始末。

そのたびに顔を赤らめながら、実は誤解で、おめでたなのは別の妖で——と説明をせねばならない。

そうなると、身内でもないのにやたらとがっかりされたり、おたくらも早く拵えてみたいなことを言われて、これまた苦笑いせねばならなくなるのだ。


その日、湯屋の開店も間近という頃、郷奉行から与力の征良がやってきた。

いつもの通り、かっちりと羽織袴姿で、ふたりの同心を連れている。浴客として来るにはやや早いし、どうも湯に入りに来たという雰囲気ではない。

「いらっしゃい、征良さん」

ちょうど、湯加減をたしかめに薬湯の出入り口のほうに来ていた凛子が、彼を出迎えた。

番台に座った白峰と話していた京之介も気づいてこちらにやってきた。

「おお、お凛殿。ちょうどよかった。三代目も」

征良はまわりに白峰以外で聞き耳を立てている者がいないことをざっとたしかめたあと、

「そなたら、なぜ離縁したのだ?」

凛子と京之介の顔をかわるがわり見ながら、だしぬけに問いかけてきた。

「離縁?」

凛子は目を丸くした。征良の表情が硬いのも気になる。

「してないよ。するわけないだろう。永久にさせないよ」

となりの京之介が平然と返すので、

「えっと、まだ手切れ金が足りなくて成立はしていないのだけど……」

凛子もひとまず現状を伝える。近頃は、離縁とは口ばかりで、つくづく現実味が薄れてきているのと感じるのだが。

征良が険しい表情のまま告げた。

「しかし、郷奉行所にはそなたら夫妻の離縁状が提出されたのだ」

「えっ」

「どういうことだ?」

京之介も眉をひそめた。番台の白峰の長い耳もぴくりと動いた。

「すでに窓口では受理されて、〈離縁の杯〉のための酒も手渡されたという話だが」

「〈離縁の杯〉……？」

はじめて聞く言葉なので聞きとがめると、征良が答えた。

「〈離縁の杯〉とは、婚礼の夜に飲んだ〈成婚の杯〉を無効にするものだ。離縁しても魑魅魍魎に追われることがなくなる」

「そんなお酒があったのね。京之介さんは教えてくれなかったけど」

凜子がちらりと京之介を見やりながら言うと、

「離縁などしない我々には必要ないものだからね」

京之介は堂々と返してくる。

征良が教えてくれた。

「〈離縁の杯〉は本来、忌まわしい記憶や忘れたい記憶を消すことができる霊酒だ。〈成婚の杯〉を酌み交わした夫婦間で飲むと、限定的に婚姻生活や相手にかかわる記憶がすべて消えてなくなる」

〈成婚の杯〉と有機的に繋がるために、そのような現象が起きるのだという。

「消えるってつまり、忘れてしまうということ？」

「縁を絶たねばならないほどにつらく嫌な記憶だったということだからね」

と京之介。

「なるほど……。夫婦じゃない相手と飲んだ場合はどうなるの?」

凜子が征良にたずねると、

「酌み交わした相手のことを忘れられる――つまり離縁ができると言われているが、効果は個体によって差があるようだから一概にこれとは言えぬ」

稀少な酒だから、ふだんは成婚用の酒と共に郷奉行所で厳重に管理されていて、市場に出回ることはないのだという。

「しかし、めでたく身籠ったところで離縁というのがどうも腑に落ちないので、まだ親父には渡さず、某のもとで差し止めの状態にしてあるのだ」

征良が言った。彼の父は郷奉行である白虎である。

「あ、それなんだけど、実は私は身籠ってないんです……」

凜子がすみませんと恐縮しながら言うと、

「なにっ? あの記事はガセなのか、お凜殿?」

征良が驚愕する。

「そうなの。卯月の薬屋で勘違いされて、勝手に書き立てられちゃって」

凜子はまたしても恥ずかしくなってきた。やはりみんなかわら版の情報を鵜呑みにしているようだ。

「そうか、ガセか、それはよかった。某は安心したぞ」

征良は嬉しそうに言う。

「なにを安心したんだ、与力殿？」

京之介がじろりと彼を見やると、

「いや、こちらの話だ」と征良は咳払い（せきばらい）をして誤魔化（ごまか）す。

「で、その偽の離縁状は、まだ正式に受理はされていないということで間違いはないんだな？」

京之介が念を押すように問う。

すると思い出したように征良が言った。

「そういえば、もともとお凛殿は離縁を希望している身であるな。子がいないのなら、この際、このまま離縁状を受理させてしまえばよいのではないか？」

「たしかに！」

凛子は一瞬、両手を打って賛同しかけた。が、

「でも……、それはなんだか間違ってる気がするわね」

するなら自分たちの手で、正式な手順を踏んできちんと離縁したい。

「うむ、それもそうか。某も、ふたりが合意のもとに離縁したところで、正々堂々と挑み

たい」

「挑まなくていい。そもそも手切れ金を払わない限りは俺が合意しないから、決して離縁は成り立たない」

京之介が突っ込んだ。

「たしかに……」

凛子も手切れ金のことを言われるとなにも返せない。

それ以前に、自分たちは本当に離縁するのだろうか。

凛子はとりあえず働いてお金を貯めているけれど、最近、離縁のためというよりは、この湯屋のことを考えて働いていることが多い。客にはどんな薬湯が受けるか。どんな対応をすると喜んでもらえるのか。こんな新しいことを始めたら、新規の客も呼び込んで賑わうのではないか。そういった湯屋の繁盛に繋がる様々なことを。

そしてそうしている間はとても充実していて、楽しいと思う。

この生活を、わざわざ大金を払って断ち切る必要があるのだろうか――。

「それにしても、だれが、なんのために俺たちの離縁状を出したんだ？」

京之介が眉をひそめてつぶやく。

「変よね。かわら版でおめでた情報が拡散されたばかりで、表向きは祝賀ムードにあるところなのに……」

　一変してこんな水を差すような事件を起こすとは。

「そなたらが離縁すれば、湯屋の印象は悪くなるから、そこを狙ったのだろうか……？」

　ご懐妊のあと、すぐに離縁だなんて、かわら版で報じられていたとしたら、たしかに印象は悪い。

「はなれの湯も枯れてしまうし、偶然にしても、なんだかきな臭いわね」

　見えない敵と対峙しているようで、じわじわと胸騒ぎが増してくる。

「奉行所の者の話によると、人型をとっていて、狐のお面をつけた男が三代目の名を名乗って離縁状を出しに来たそうだ。お面をつけて奉行所に出向く妖は珍しくはないし、すぐに狗神の姿に変じて去ったために疑いようもなかったそうで……」

「狐のお面？」

　凜子ははっとした。狐のお面と聞いてぴんときたのだ。

　もしや、あのときの男では？　凜子がついこの前、温泉街の一角ですれ違った、あの無粋な妖――。

「心当たりでもあるのかい、凜子？」

　京之介が凜子の顔色が変わったのに気づいて訊いてくる。

「私、その妖に会ったことがあるかも。……ほら、以前、温泉街で攫われて氷室に閉じ込められたとき、私からオサキと水琴鈴を奪ったやつがいたって話したでしょ？」

「ああ」

頷く京之介の表情がかすかにこわばった。

「その妖も狐のお面をつけてたの。きっと同一人物よ。……狗神だったんだ。だからオサキもついていってしまったんだわ」

あのとき、凛子もはじめは京之介だと期待したが、相手が狗神で、気配が似ていたから勘違いしてしまったのだ。

「天月だな……」

数拍の沈黙ののち、京之介がつぶやいた。ほとんど確信したような声音で。

征良の視線が、ひたと京之介に向けられた。

それによって、空気がぴんと張りつめたような気がした。

「某もそう考えた。可能性は高いな」

征良も真顔で言った。彼もその人物について知っているようだ。

京之介がなにか考え込むふうに目を伏せたので、期せずして空気が重くなった。

「天月とは……、だれなの？」

凛子が遠慮がちに問うと、京之介がこちらを見た。

「俺の行方不明の弟だよ」

「弟……」

そういえば、京之介には弟がいるのだった。この湯屋では見たことがないけれど。

「弟さん、行方不明だったんだ……」

京之介が語らないので、家族のことにはあまりふれたことがなかったのだが。

「ああ。ずっと前にここを出ていったきり、帰らない。会いたくて、ずっと探しているんだ」

視線を出入口のほうにうつして、京之介が言った。

その、いつにもまして淡々とした声音には、かえって切実な感情が抑え込まれているようで、凛子は次の言葉がすぐには出てこなかった。

この表情を見たことがある、諦観したような、それでいて激情をもてあましているようなまなざし。凛子の知らない遠い過去を語るときにも、彼はこんな目をすることがある。

会いたかった弟が、なぜ離縁状を――？

疑問が生じたけれど、もはやそれを論じあうような雰囲気にはならなかった。

弟の捜索を引き受けていると思われる征良が、引き続き、探し出すことを約束すると言って、会話はそこでおひらきになったのだった。

4.

数日が過ぎた。

湯屋が閉店したあと、凜子は残り湯に入ってもらうために宿舎にいる七緒を呼びに行った。

このところ、本館四階の〈月見の湯〉は、予約客からのリクエストがない限り、彼女のつわりの症状を和(やわ)らげるための薬湯である。今晩はレモングラスのハーブ湯だったので、彼女のためにあらたにハーブを追加したところだった。

彼女はここ数日、非常勤の奉公人扱いで、湯屋内の清掃などを手伝って過ごしている。なにもしないまま世話になるのも気が引けるというので、白峰が仕事を与えたのだ。といっても、身重の大切な時期で、つわりの症状もあるので休みながらゆっくりの勤務だ。

凜子は、ふと宿舎の窓から、中庭の足湯のところで京之介と七緒がふたりきりで話している姿を見つけた。

「あ」

凜子が立ち止まると、

「イタヨ、イタヨ」

と数匹のオサキも肩先でくるくると回りながら教えてくれる。

「七緒さんの失くした記憶の手がかりでもつかもうとしてるのかな……」

夏も過ぎて、少し肌寒くなってきたから、足湯も気持ちいいだろう。

中庭もこうして上から眺めると、紅葉が進み、日に日に秋が深まっていくのがわかる。

秋景色の露天風呂も風情（ふぜい）があっていいものだと思っていると、そこへ、双子の猫娘たちもやってきた。

「お疲れさま。なにを見てるのお凜ちゃん？」

姉の由良（ゆら）のほうが訊きながら、妹の紗良（さら）とともに凜子の横からおなじように中庭を見下ろす。

「まあ、あの女ったら旦那様（だんなさま）と一緒に呑気（のんき）に足湯なんかして。……さっそく旦那様に取り入ろうとしてるのねっ」

目ざとくふたりの姿を発見して文句を垂れたのは、ぶりっ子の紗良のほうだ。

「なんだかふたりっきりでいい雰囲気よ。放っといていいの、お凜ちゃん？」

紗良がこちらを見やって言う。

「なにかゆっくり話したいことがあるんじゃないかな」

そういえば凛子も以前、ああやって京之介と足湯をしながらのんびり話をしたことがある。あのときは湯の中にきれいな夜光花が咲いていたが、今は花の季節は終わり、夜になっても緑の葉が淡い光をかすかに放つのみだ。

「七緒ったら、まさか女将(おかみ)の座を狙っているのかしら？」

落ち着いて冷静な由良も、めずらしくまじめに気にしてつぶやく。

「まさか。七緒さんはお腹に赤ちゃんがいる人だよ……」

さばさばした性格の女性で、なんとなくその手の野心を抱くタイプには見えない。が、

「なに言ってるのよ、お凛ちゃんっ」

紗良が反論してきた。

「おややがいるから、なおさら必死なんじゃないの。恋人亡くして寂しいし、母子ともに守ってくれる相手が欲しいから頑張ってるのよ。旦那様なら妖力、財力、容姿、ぜんぶ揃(そろ)ってて、おまけに蹴落(けお)とすべき恋敵(こいがたき)はしょうもない人間の嫁でしょ？　文句なしじゃないのよぅ、わたくしなら絶対に張り切るわね！　……あ、いっけね、ついほんとのこと言っちゃった」

ぺろりと紗良は舌を出した。あいかわらず、かわいい顔して容赦(ようしゃ)ない猫娘である。

「私はべつに、女将じゃなくていいのよ。この湯屋で働けるならそれで」

女将なら意見が通りやすいという利点はあるかもしれないが、下働きのほうが気楽でいい。番台で接客するよりも、薬湯の調合をしていたほうが楽しいし。

などと凜子が考えていると、

「旦那様は、七緒にお母様の境遇をかさねているのかもしれないわね」

由良が京之介たちのほうを見つめながら神妙に言った。

「お母さんの……？」

「ええ。七緒が身籠っているのは人の子だけれど、異種族の子を宿したという点はお母様と共通しているでしょう？」

「言われてみれば、そうね」

七緒は妊娠中というだけで不安なのに、そのうえ異種族間の子で、頼りになる相手もいない身だ。本人に自分が妖という自覚はないようだが、京之介としてはそんな彼女が気掛かりなのかもしれない。

そういう京之介の面倒見のよくて、優しいところが好きだと思う。

「そういえば……」

凜子はふと、猫娘たちは京之介とのつきあいが長いらしいというのを思い出した。

「由良たちは、いつこの湯屋に来たの？　京之介さんのお母さんを知っているの？」

「私たちが〈高天原〉に奉公に上がったのは、八歳くらいの頃よ」

由良の返事に凛子は目を丸くした。

「まだ子供じゃない」

「そうよ。わたくしたちは、器量を見抜いた先代に郷から連れ出されたの」

つまりスカウトか。

「厳しい採用試験をくぐり抜けてきたわけではなかったんだ」

「入ってからが大変だったわね」由良が言った。「当時はわりと無法地帯だったから、嫌みや嫌がらせは日常茶飯。古株にいびり倒されて三途の河に投げ込まれそうになったこともあったわ。でもそれは、人間の郷からやってきた旦那様もおなじだった」

「えっ？」

「驚いた？　お凛ちゃん。わたくしたちはおなじくらいにこの湯屋にやってきて、年も近かったから共に下働きをしていたのよ」

紗良が誇らしげに言った。

「京之介さんにも下働き時代があったの……？」

おまけにいびり倒されたとは。

「そうよ。旦那様は人間の郷で人間のお母様と暮らしていたようなのだけど、お母様は亡くなられて、そのあと先代に連れられてこの湯屋にきたの。どうして亡くなられたのかまでは教えてくださらなかったけれど」

　まだ若かっただろうから病死だろうか。

「旦那様は外にできた子どもだし、おまけに半妖だったから、当時は私たちとおなじ下っ端として扱われていてお気の毒だったわ。跡目を継ぐと目されていたのは、弟の天月様のほうだったの」

「天月……」

　このまえはじめてその名を耳にした。京之介が会いたがっているという行方不明の弟だ。

　由良が大湯に注ぐ湯を見下ろしながら続ける。

「天月様は下働きの経験もなくて、甘やかされて育ったからちょっと生意気な子だったわね」

「そうそう。飽きっぽくてわがままで、わたくしたちの真似事をして働いてみるものの、長続きせずにすぐに投げ出して乳母君のところに」

「天月のお母さんは狗神で、ここの女将だったの？」

「そうね。でも体の弱い方で、天月様を産んだあとに亡くなられたそうよ」

以来、今日に至るまで、女将は不在のままだという。

「兄弟は仲がよかった？」

凛子は興味津々にたずねる。

「小さな頃はね。天月様は兄である旦那様のことを気に入ってたし、旦那様も天月様のことが好きで、よく一緒に妖力比べみたいなことをして遊んでいたわ。ときどきわたしたちと四人で仲良く遊んだこともあったわね」

ところがあるとき、先代が湯屋は京之介に継がせると宣言したのだという。

「先代は、病で亡くなられたんだっけ」

百々爺からそれらしいことを聞いたことがある。

「正確には毒死ね。仇敵、入道の毒刃を受けて、それが引き金になって何年かにわたって苦しまれて……」

徐々に生命力を奪われて、京之介が（人間でいう）十八歳になった頃に息を引き取ったのだという。

「入道……？」

これまでに、どこかでその名を耳にした気がした。

たしか夜道怪が口にしていなかったか。闇の湯屋に物見席を設けて凛子を見世物にしたのは、入道が誘ってきたからだと。

「温泉郷のあちこちで悪さしてるどうしようもない爺(じじい)よ」

　紗良が怒りもあらわな顔で言う。

　入道は、湯屋株を持たない闇の湯屋が乱立する谷の温泉区に生息しているらしい悪の親玉で、凛子がこの湯屋に来てから起きた事件も、背景で糸を引いているのは入道ではないかと言われているのだという。

「先代が跡目に京之介さんを選んだのはなぜなの？」

　はじめて耳にすることだらけで、凛子の胸はひどくざわざわしてきた。

「おそらく、旦那様のほうが狗神としての妖力が強かったからだと思うわ」

　由良が慎重に答える。

「そういえば、半妖のほうがかえって妖(あやかし)としての特性が強く出ることがあると、以前、白峰さんが言っていたわ」

　それゆえに、主が半妖でも、この〈高天原〉は四大湯屋のひとつに君臨していられるのだと。

「ええ。旦那様はその典型ね。先代は、そこに目をつけて、旦那様をわざわざ人間の郷から連れてきたのだと思う」

「天月様が行方知れずになってしまったのは、先代が、旦那様を跡継ぎにすることを宣言して間もなくのことよね」

紗良が思い出したように言う。

「じゃあ、天月はもしかして、へそを曲げて自分から湯屋を出ていってしまったのかな」

跡目として育てられていたなら、自分が継げないとなると心境は複雑そうだ。

すると、由良はいっそう声をひそめて言う。

「当時はいろいろ囁かれたけれど、真相はわからないわ。だれかに攫われたのかもしれないし、生きているのか、亡くなっているのかも謎なの」

「どのみち天月様が跡継ぎになるのは無理だわ。だって――」

紗良が何かを言いかけたのだが、そこへ、

「しゃべりすぎですよ、紗良」

地獄耳の白峰の声がぴしゃりと割って入った。

「し、白峰様、いつのまにっ」

紗良があわてて口をおさえてふり返った。足音のひとつも聞こえなかったので凛子も度肝を抜かれた。

由良も自覚があったようで、「申し訳ありません」と頭を下げたきり、きまり悪そうに口をつぐむ。

「ごめんなさい、私が色々知りたがったものだから……」

凛子はいたたまれなくなり、恐縮して詫びる。

白峰は猫娘たちに向かって命じた。

「今夜は女中頭が不在なので、宴会の支度を今からしておくそうです。あなた方は急いで〈有頂天の間〉に行きなさい」

「承知いたしましたっ」

ふたりは頭を下げて、そそくさと階下に向かう。

ふたりきりになると、白峰が不愉快そうな視線をじろりと凛子によこしてきた。

「よけいな詮索はしないほうが身のためだと思いますが……」

「弟のことが知りたいんです。京之介さんが会いたがっているみたいだから……」

彼の血を分けた弟。母も父も亡くした今となっては、たったひとりの身内だ。

事情は複雑のようだが、それゆえに、京之介の弟への思いは、凛子が想像していたよりもずっと切実で深そうな気がする。

「天月様に関しては、しかるべきときに旦那様の口からお話しされるのではと思っています」

「しかるべきときって？」

それはいつなのだろう。

「さあ。私にはわかりかねますが」

白峰は中庭の京之介たちに視線を移して言う。

「ひょっとして、十年前、京之介さんが呪詛(じゅそ)されたのには、天月が関係しているんですか？」

ふと思い立って、凛子は問う。

京之介に関する大きな謎のひとつだからだ。

「まったくないというわけではありませんが……」

白峰は注意深く言葉を選びつつ、答える。

「あの呪詛はむしろ、先代が残した負の遺産です」

「先代が……？」

それは初耳だ。

そこで、中庭の京之介と七緒が足湯から席をたったので、

「旦那様に用がありますので。私はこれで失礼します」

白峰も踵(きびす)を返してその場を去っていってしまった。

第三章　温泉郷の奥座敷へ

1.

翌日は菊の節句だった。

この日は湯屋も紋日で客の入りがいいのだが、凛子は京之介に連れられて、〈金毘羅屋〉という湯屋に泊まりで行くことになっていた。

京之介が懇意にしている上客の蟒蛇から、長寿祝いの宴を開くので、それに夫婦で出席してほしいと招待されたのだ。

「〈金毘羅屋〉といえば四大湯屋のひとつである大老舗だべ。山奥の秘境にある金持ち御用達の高級湯屋で、天狗の一族が営んでるだ」

鈴梅が凛子によそゆきの着物を着つけてくれながら言う。秋の花や葉に、実りの色があしらわれた高価な訪問着だ。

「人間界でも、天狗は山に棲むと言われているわ」

凛子が妖を見るようになったのは、京之介を助けた十歳の頃だが、天狗はふだん、街中で姿を見ることはほとんどなく、一度だけ山で烏天狗のおじさんに会ったくらいだ。

「髪飾りはこのへんでどう？」

七緒が、結い上げた凛子の髪に銀の髪飾りをつけてくれる。

「ありがとう。……あ、七緒さん」

凛子は七緒の手首の飾りに目をとめた。

「その腕飾り、やっぱりきつそうね」

以前、お風呂で話していた薄紫色と水色と青色の組紐の腕飾りだ。

「うん、そうなんだ。妊娠してるせいかな、寝起きとかにむくみがひどくて……、できればもう外したいって思うんだけどさ、でもこんなんだと外れないし、切ったら二度と使い物にならないしね……」

どうしたものかと思っているところだと彼女はぼやく。

凛子は一瞬、ほどきの力のことを考えて迷ったが、

「よく見せて」

七緒の手首をとって、間近で編み込み具合を見てみた。

規則的に編まれている部分と、不規則な部分が合わさって、立体的な模様を描き出して

いる。ほんの一センチほどの幅なのに、かなり凝ったデザインだ。

「たしかに複雑だべな」

横からじっと凝視していた鈴梅もつぶやく。

「うん、でも少しずつ端から崩していけば、なんとかほどけそうよ」

まだ出発までには時間がある。

凛子は鈴梅に針を持ってきてもらい、その腕飾りをほどいてみることにした。


「ごめんなさい。ちょっと遅れちゃって」

山の温泉区への出発の準備が整った凛子が、京之介の待つ番台前の広間に行くと、

「なににそんな時間がかかったのです？」

白峰が隻眼でじろりと見下ろしてきた。

「ちょっとお手伝いしてて」

結局、出発ぎりぎりまで時間はかかったものの、七緒の腕飾りをほどくのには成功した。

特になにか起きた気配もないから、呪糸でもなかったはずだ。七緒はたいそう喜んでくれたが、妊娠中は眠気がひどくなるらしく、じきに眠いと言って部屋に戻ってしまった。

「お分かりかと思いますが――」

「なんでしょうか」

凛子は出立前の白峰節が来ると予想して身をこわばらせる。

「夫婦で招かれている以上、当然、仲睦まじく振る舞わねばなりません。我が湯屋の印象がかかっていますので」

「そうそう、仲良く手をつないだり、ときどき視線を交わしてほほえみ合ったりするんだよ、凛子?」

冷静な白峰とは対照的に、京之介は遠足に出掛ける子供みたいにうれしそうだ。

「はい、心得ております」

白峰の手前、きちんと頷いておいた。

「ですが、あくまで芝居で結構。あなたは旦那様とは離縁する身のかりそめの妻。ひとたび部屋に戻ればただちに他人同士に戻っていただきます。けじめはつけてくださいね?」

凛子の心の迷いを知らない白峰はズバズバと言ってくる。たしかにかりそめの妻にすぎないが。

「はい、心得ております」

凛子が言うと、

「そこは心得なくていいんだが」

と京之介がとなりで不満げにぼやいた。

それから鈴梅や猫娘たちに見送られ、凜子は京之介と共に〈高天原（たかまがはら）〉御用達の朧車（おぼろぐるま）に乗って、一路、山の温泉区へと向かった。

2.

〈金毘羅屋〉は、話に聞いていた通り、温泉郷の奥座敷といわれる風光明媚（ふうこうめいび）な里山のさらに奥にあった。

二度と戻れぬのではと不安になるほどに深い森を抜けると、先がかすむくらい長い土塀（どべい）に囲まれた〈金毘羅屋〉に到着した。

大門を抜け、京之介に続いて朧車を降りた凜子は、目の前に広がる眺めに感嘆（かんたん）した。

「きれいな景色。ここはまさに秘境ね」

所々に常緑樹の木々が生い茂り、清らかな水が流れる池泉が広がり、その奥に、檜皮葺（ひわだぶき）の木造建築群が見える。

大気は澄んでいて、背景には峻険（しゅんけん）な山の稜線（りょうせん）が繋（つな）がり、ここが山深い場所であることを思い知らされる。

「行こう」

京之介が、凜子の手をとって歩き出す。

いきなり手を繋がれて、凜子はどきりとした。

「だれもいないのに、もうおしどり夫婦のお芝居をするの？」

まわりは静まり返っていて、だれもいない。

でも、だからこそなんだか照れ臭くなってくるのだが。

「芝居ではないよ。俺は君と離縁する気などないし、いつでもおしどり夫婦のつもりだ」

大真面目に京之介が言った。

いつもは聞き流すこの手の言葉も、手を繋いで言われると妙な重みがある。

凜子が黙っているので、気をよくしたらしい京之介は手を繋いだまま、〈金毘羅屋〉の建物に向かう。

「…………」

だめだ。繋がれた手を意識してしまってなんだか落ち着かない。どれくらい歩いたのか、どこに向かって歩いているのか、さっぱりわからない。目新しい〈金毘羅屋〉の景色さえも頭に入ってこなくなってしまった。これではまるで、気になる男子と手を繋いでいる中学生みたいだ。

「どうかした？」

はしゃいでいた凛子が不自然に黙り込んでしまったので、京之介が顔を覗いてきた。

「な、なんでもないよ」

凛子はめいっぱい平然を装って言う。

いつからこんなに意識するようになったのだろう。七緒から借りた〈恋ごよみ〉なんか読んでいるから、感化されているのかもしれない。

京之介は他者の感情を嗅ぎ取る力を持っている。自分自身ですらよくわからない今のこの気持ちを、どうか嗅ぎ取らないでと凛子が焦って祈っているうちに、ようやく〈金毘羅屋〉の扁額を掲げた和風建築の建物にたどり着いた。

「ここが本館だ」

「京之介さんははじめてではないのよね」

「ああ。ここは付き合いで来ることが多いな」

檜皮葺の立派な平屋で、太い柱や簀子縁、蔀戸や渡殿などが見られた。寝殿造りの様式が取り入れられているようだ。別棟にもいくつかの建物があり、渡殿で繋がっている。老舗らしい構えの、広大な建坪のお屋敷である。

凛子が京之介と中央の階を登ろうとすると、

「〈金毘羅屋〉へようこそ」

背に黒羽根のある年配の女天狗が出迎えてくれた。

「女将。ひさしぶりだな」

京之介が親しげに挨拶をする。

この人が女将のようだ。情が深そうなあたたかみのある顔立ちで、女将らしい貫録がある。

「おひさしぶりです、三代目。こちらが噂の奥方様で？」

女将がにっこりと凛子に笑いかけてくる。

どう噂になっているのだろうと思いつつも、

「はじめまして。凛子といいます」

凛子はかしこまって頭を下げた。

「奥方様はおめでたとか。かわら版で伺いましたよ」

山奥にも当然、情報は浸透しているようだ。

「……その予定のところを、気の早い連中に勝手に書き立てられただけの話で。実はまだこれからなんだ。ね、凛子」

京之介が凛子の肩を抱き寄せてにこやかに弁明するので、凛子も「ええ、そうなんです」と彼に調子を合わせた。

「まあ、それは失礼いたしました。では、うちの三番湯にぜひおふたりで浸かってください。三番湯は別名〈子宝の湯〉。浸かればたちまちややこに恵まれると評判の湯ですの」

「ありがとう。入らせてもらうよ」

芝居か本気かわからないが京之介がその気満々で言うので、凛子も京之介に寄り添い、入りたそうな顔をして「ありがとうございます」と笑っておいた。

まったくおしどり夫婦を演じるのも楽じゃない。

ふたりは主寝殿（本館）の脇にある別棟の個室に案内された。

おしどり夫婦なので、当然、ここでもふたりで一部屋しか用意されていない。

外部とは蔀戸と御簾で隔てられている広い板の間には、茵がふたつと畳が敷かれ、好きな場所でくつろげるようになっている。

几帳の向こうの奥の間には御帳台がある。平安時代にはやんごとなきお方たちが寝ていた、あの帷に囲まれた寝床だ。ここで京之介と一夜を過ごすのだと思うと正視できず、凛子は見なかったふりをして表に戻った。

「宴の時刻も迫っておりますけれど、まずは我が湯屋自慢の温泉を楽しんでくださいな。一番湯から九番湯までございまして、お好みの泉質をお選びいただけます。おふたりには、さきほどお話しした〈子宝の湯〉をお勧めいたしますわ」

と、女将が勧めてくるので、宴会がはじまる前に一度、件の温泉に入ることになった。

「おふたりには特別に、生垣に囲まれた貸し切りの湯をご用意いたします」と言われ、おしどり夫婦がこれを断るわけにもいかず、お言葉に甘えることになった。

ただし凛子は、奉公人の案内で貸し切りの〈子宝の湯〉の脱衣場にたどり着くと、少々赤くなりながらこう申し出た。

「わ、私はあとから入るから、京之介さん、先に入って」

どうしてもふたりで貸し切り湯に浸かるというのには抵抗があるのだ。

「時間をずらして入っていたら宴会に間に合わないよ」

京之介は早々に羽織を脱ぎだす。

「たしかにそうなんだけど……」

「ひょっとして恥ずかしいのか、凛子は？」

涼しい顔で京之介が訊いてくる。

「そ、そりゃあ一応、女だし……男の人とふたりきりで入ったことなんてないし……」

ぼそぼそと返しているうちに、頬がますます熱をもってくる。

「湯帷子を着て入るんだから平気だよ。屏風の向こうで着替えておいで」

「平気なのは京之介さんの話でしょ」

「さっさと入らないと、おしどり夫婦ではないと見破られる羽目になるよ？」

入る気満々の京之介は、にこやかに脅してくる。

そこで凜子は、妙案を思いついた。

「わかったわ。じゃあ、京之介さんは狗神の姿ね」

「どうしてだい？」

角帯に手をかけたまま、京之介がきょとんとする。

「人型と入るのは抵抗あるけど、わんこ型なら大丈夫な気がする」

「どっちも俺なんだが」

「狗神の姿は、幼い頃の記憶だととても大きくて怖いけど、いやらしいのと怖いのだったら、怖いほうがいいのよ」

いくら湯帷子を着ての入浴でも、やはりふたりきりは無理だ。

「人型の俺がいやらしいという理屈も納得がいかないな」

「あくまで私の感覚なの。よろしくね」

　凜子が譲らない調子で強引に押し切ったせいか、京之介はあきらめたようすで肩をすくめ、「わかったよ」と言った。

　案外すんなり条件を呑んでもらえて凜子がにっこりすると、

「あっちを向いていてくれ」

　京之介が凜子の背後を指さしつつ、角帯をほどきだす。

　裸になってから化けるものなのかしらとけげんに思いながらも、凜子はとりあえず、言われた通りに彼に背を向けた。

　その後、彼が着物を脱ぎすててしまうのと同時に、空間が歪んだような妙な感覚があって、寒いわけでもないのに、凜子の全身にぶわりと鳥肌がたった。

　なんとなくふりかえると、煙とともに真っ白な被毛の狗神がそこに現れている。

　鼻先から長い尾の先までを測れば、体長は二メートル半ほどあるだろうか。

　凜子はその輝かんばかりの神々しい肢体に目を奪われ、しばし棒立ちになった。

「気安く言っちゃったけど……、私が助けた、あのとき以来……？」

　呆けたようにひとりごとを言うと、

『そうだよ』

頭の中に直接、京之介の言葉が響いてきて、度肝を抜かれた。

彼の声を認識しているというよりは、意識をじかに受け止めているという摩訶不思議な感覚だ。

凛子は京之介の顔を仰ぎ、その目を見つめる。

朱色のサシの入った目元は、十年前と変わらない。

琥珀の双眸も妖しく美しいが、目を合わせている感覚は人型のときとおなじで、泰然としていて優しい陰のあるいつもの京之介だ。

「きれいな毛並み……」

凛子は思わずつぶやいて、白々と輝く被毛に見惚れてしまう。

体の隅々にまで覇気が満ちていて、圧倒的な存在感がある。

実際になにかを肌で感じる。ごく微量の電気に似たもの。これこそが妖気なのだろう。ふだん人型になることで抑えられているものが、すみずみにまで漲って、外にまで溢れている感じだ。

けれど、大きな獣妖はやはり恐ろしくて、畏怖の念も抱いてしまう。

京之介が、半妖とはいえ妖だということを、凛子はあらためて思い知らされた。

そんな隔たりに気づいたからか、京之介はふいと方向転換して浴場のほうに行ってしまった。

機嫌を損ねたのだろうか。

尾の先までふわりと優美で、後ろ姿も神々しいの一言に尽きるのだが。

怖いながらも、もっと狗神の京之介を眺めたくて、凛子も屏風の向こうで湯帷子に着替えると、あわてて浴場に向かった。

〈子宝の湯〉は、丸みのある岩に囲まれた露天の岩風呂だった。貸し切りといっても、人間ならゆうに三十人は浸かれる広さがある。析出物がこってりついた排湯口からは、乳白色の湯水が滔々と溢れている。

京之介は狗神の姿のまま、行儀よくおすわりしてすでに湯に浸かっていた。

犬にも表情は存在するが、人ほど豊かでもないので、なにを考えているのかはいまいちわからない。凛子が風呂の縁に来ても知らん顔で、ただ無心で湯に浸かっているといった風情を装っていた。

怒っているのだろうか。

凛子はどきどきしながら、京之介のとなりにそっと足を差し入れ、湯に浸かった。

京之介がこちらを見た。

一旦、頭から湯に浸かったようで、近くで見ると耳や鼻先がしっとりと濡れていた。

濡れるといっそう艶々して見えて、水も滴るいい美犬といったところなのだが、さきほどのように、じかに話しかけてきてはくれない。

むっつりとして見える表情からすると、やはり怒っているようだ。

「お手」

凛子は出来心で、手を差し出してみた。狗神の京之介はなんだか威圧感があって怖いので、自分自身を和ませるための冗談だったような気もした。

すると、京之介の白い耳がぴくりと動いた。かと思うと、差し出した凛子の手に彼が濡れた右手をのせてきた。

よかった。怒っていなかったみたいだ。心が通じあったような気がして、ほっとした。

そもそも半分は自分とおなじ人間の血が流れているのだから、怖くはないはずだ。

「大きくても、お手とかするとかわいいね」

凛子が親近感を覚え、彼の手を放して顎の下をそっと撫でてみる。

しっとりと濡れているものの、艶やかで豊かな毛並みは気持ちがいい。乾いているときはさぞ触り心地がいいのだろう。

「シャンプーしてあげたくなるわ」

凛子が愛犬をかわいがるような飼い主の手つきで撫でていると、

「人型のときとずいぶん待遇が違うな」

　京之介が、いきなり人型に戻ってしまった。

「ひゃっ」

　突然、煙の向こうに京之介が現れて、凛子は目を瞬いた。おまけに湯帷子を着ておらず全裸だ。

「やめてーっ、狗神でって約束だったでしょうがっ」

　凛子はあわてて彼に背を向けた。

「バカらしい。そんな約束守るわけがないじゃないか」

　京之介は岩肌に背をあずけ、堂々と居直る。

「騙したのね？　おまけに裸だしっ」

　湯が乳白色だから下半身は見えないものの、均整の取れた男らしい肩や胸筋はばっちり見てしまった。

「君の郷じゃみんな風呂には素っ裸で入るだろう？　そもそも我々だって、なにも体を隠すためにそれを着るわけじゃない」

「え？　なんのためなの？」

　凛子は思わず京之介をふりかえった。

「妖力を封じるためだよ。その湯帷子は一見ただの綿布だが、呪糸とおなじように特殊な力を持つ繊維が織り込まれているんだ。だからそれを着ていればむやみに他者を害することもない。お互い安心というわけさ」

「なるほどー、そうだったのね」

目から鱗の新事実だ。

「そういうわけだから妖力を持たない君には無用の長物だな。脱がせてあげるよ」

「ぎゃー、やめてさわらないでっ」

凛子は伸びてきた京之介の手をぴしりと打ち払った。

「君も知っていると思うが、裸で湯に浸かる方がじかに湯感を味わえて断然気持ちいいよ？」

「け、けっこうです、遠慮しときます」

凛子が頑として拒むので、京之介はつまらなさそうに手を引き、代わりにオサキを呼び出してくれた。

「あ、オサキ」

京之介の指先からするすると手品のように生まれて、ぽちゃん、ぽちゃんと湯水に飛び込む。

「おいで、オサキ」

ぴよこ、と顔をあげたオサキたちを、凛子が胸元にかき集めて抱くと、

「オサキはよくて、俺はダメな理由はなんなんだい？」

京之介がむっつりして訊いてくる。

「なんだろ……見た目とか？　狗神の京之介さんもよかったよ、でも人型はダメ」

凛子は耳まで赤くなりながら返す。どちらも京之介なのはわかるが、人型だと妙に意識してしまってどきどきしてくる。異性との入浴というのがそもそも不謹慎(ふきんしん)なのだ。

オサキたちがいなくなったらふたりきりに戻ってしまうので、凛子はなるべく彼らの気をひくために水をかけたり、手で追いかけたりして念入りに遊んであげた。

「京之介さん、もしかして、あんまり私に狗神の姿を見られたくないの？」

凛子はオサキと戯(たわむ)れながら、さきほどから少し思っていることを思い切って口にしてみる。

「どうしてそう思うんだい？」

のんびりとした表情でくつろいでいた京之介が、眉(まゆ)を上げ、質問で返してきた。

「なんとなく。……再会してから一度も見せてくれなかったし、さっきもむすっとしてたし」

京之介は岩にもたれたまましばらく言葉を選んでいたが、

「そうだな……。俺が妖だということを、君はまだ完全には受け入れてなさそうだから。そんな状態であの姿を見せたら、隔たりができそうだとずっと思っていたんだ」

「……………」

想像よりずっと迫力があって、ものものしい威容には、たしかに委縮してしまった。

「でも、京之介さんは半妖でしょう？　だから大丈夫みたい。私がこの温泉郷にいられるのも、きっとこんなにも身近に、おなじ人間の血をひく人がいるからなの」

京之介が自分を惹きつけている一番の理由も、それなのではないかと思う。

「そうか……」

京之介の表情が、うれしそうに和らぐ。

それから、湯面に水輪を作って遊んでいるオサキを捕まえながら彼が続けた。

「これからはそうやって、夫である俺にはなんでも伝えてほしいな。嬉しいことも悲しいことも、悩み事も――」

離縁のりの字も意識していない、いつもの調子だったが、なにか別の含みがあるようにも聞こえた。凛子の迷いに気付いているのだろうか。

思えば〈高天原〉ではお互いに忙しく、いつもまわりに賑やかな奉公人たちがいて、こんなふうに深い話をすることがほとんどなかった。

「でも、京之介さん、話さなくても、いつも妖力で感情を言い当てるじゃない」

凛子ははたとそのことを思い出し、京之介から目をそむけて言った。この今も、すべてお見通しなのではと思うと、また胸がどきどきしてくる。

「それは単なる勘だよ。君の心情を探ったことなど、これまでに一度もない」

「そうなの？」

意外な告白に、凛子は目を丸くした。

「実際に感情を探るとなれば多大な妖力を消耗するし、相手にもそれ相応の負担がかかるんだ」

「探られたほうも？」

「ああ。下手したら気を失ってしまう。だから、そんな安易にできることではないんだよ」

「そうだったんだ」

単に勘や洞察力が優れていただけだということか。

凛子はほっと安心してしまった。他人に感情を読まれてしまうなんて、常に覗き見されているみたいで落ち着かない。

「なにか読まれては困るような感情が？」

いきなり間近で顔を覗かれ、どきりとした。

「べつに……」

ふと、自分が彼から隠したい感情とはなんなのかを考えてしまう。

それを読まれて困るのはなぜなのか。

京之介が自分にとって特別な存在なのはたしかだ。

この男が与えてくれる陽だまりのようなぬくもりは手放しがたいものだし、一緒にいると安心できる。一緒にいたいと思う。夏頃から、少しずつそんな気持ちが増していて、だからこそ離縁にも迷いが生じているのだと思うし——。

「なんかのぼせてきちゃった……」

考えているうちに頭がぼうっとしてきたので、凜子はつぶやく。

「頬(ほお)が林檎(りんご)みたいでかわいいよ。俺に恋でもしてるみたいだ」

京之介がからかうように言ってくる。

「そんなわけないでしょ。じっと見ないで」

ますます頬が赤らむので、凜子はふいと横を向いた。

「温泉の効果かな」

京之介がふっと笑い、したり顔でつぶやく。

そういえば、ここは〈子宝の湯〉だった。相手のことが慕わしいような気持ちになるのは、きっと湯の効果のせいなのだ。ミネラル成分だけでなく、天然の媚薬でも溶け込んでいるのにちがいない。

「出る」

凛子はいきなり、ざばっと立ち上がった。呑気に浸かっている場合ではない。

「早いな。もっとゆっくり浸かろうよ」

京之介が驚いて引き止めるが、

「いいの。子宝に恵まれたら困るし」

凛子はなにかに追い立てられるような心地になりながら湯から上がると、さっさと石畳を横切って脱衣場に向かったのだった。

3.

蟒蛇の長寿祝いの宴は、菊の節句にちなんで菊花尽くしだった。

御膳の上に並んだ料理には菊巻漬けや菊花のおひたし、菊巻寿司など、食用菊がふんだんに使われ、見た目にも麗しい。上座には生花が盛られ、襖まで菊の描かれた雅なものにたて替えられている。

とくにみな、菊酒を好んで呷る。酒壺が次から次へと運ばれてくるのだが、すぐに空になる。

京之介と参席した凛子は、いかにも地位も妖力もありそうな大物の妖たちを前にして委縮していた。

蟒蛇の夫妻が菊酒を注ぎにやってきて、女将ご懐妊のニュースにふれてきた。

凛子が「実は……」と弁明し、京之介が「すぐに実現するので」とお決まりのせりふを言って凛子を抱き寄せれば、口笛とひやかしの声で座がわぁっと沸いた。

おかげで緊張もほぐれて、はじめて会う妖たちと料理や温泉の話などで盛りあがったり、琵琶の演奏を聞いたりして夜は更けていった。

その後、酒盛りもたけなわという頃。

意外と飲まされてしまった凛子は、酔いをさましたくなって席をたった。

もともとそんなに強いほうでもなく、たいていお猪口に三杯も飲めば眠くなってしまう。

「どうした、凛子?」

蟒蛇と酌み交わしていた京之介が気づいて、引き留めてきた。

ずいぶんと飲んでいるようで、めずらしく頬がほのかに色づいているが、酔っ払っても凛子のことはしっかりと気に掛けてくれているようだ。

「ちょっと御手洗いに行ってくる」

と小声で告げると、

「案内しようか？」

京之介はついてきてくれるような気配だったが、

「ひとりで大丈夫」

凛子は断って、こっそり宴席を抜けだした。

厠で用を足したあと、凛子は外の空気を吸いたくなり、階を降りて、宴会場のある主寝殿から出てみた。

さすがに四大湯屋のひとつに数えられる大老舗だけあって、敷地は広くとも、すみずみまで手入れが行き届いているし、すれ違う奉公人たちは、みなにこやかに頭を下げてくれる。高級旅館さながらでとても居心地がいい。

中庭は広く、ところどころに鬼火が灯っている。

遣り水に沿って作られた石畳の小径を歩いてゆくと、広大な池のほとりに出た。

反り橋を渡り、中島に行ってみると、どこからともなく秋らしい金木犀の香りがした。

さらに平橋を経て陸に戻ると、庭は石造りの階段に繋がっていて、下にあるいくつかの湯壺のほうに降りていけるようになっていた。

「広い庭ね……」

庭師も相当な数が必要だろう。切り盛りも大変そうだ。

うちも、はなれの湯までの山路に手を入れて、もう少し趣のある道行にしたら客も気持ちよく行き来できていいのかも、などと考えながら、ほろ酔いの状態でゆっくり階段を降りはじめたそのとき。

ふと背後に何者かの気配を感じて、凛子は足を止めた。

しかし、ふり返ってもだれもいなかった。ただ、冷えた夜の山風にすうっと肌を撫でられただけだ。

「気のせいかな……」

頰の火照りがいくらか引いて、ぼやけかかっていた意識がはっきりした気がした。

ふたたびゆっくりと石の階段を降りだす。

長い階段だ。距離にして二十メートルほどだろうか。

一歩、また一歩と、段を数えるように降りていると、突然、どんっと背中を押された。

「えっ」

不意をつかれ、ぐらりと体が傾いだ。だれかの手が、自分の背中を強く押す感覚が間違いなくあった。

落ちる——。

やはり、うしろにだれかいたのだ。

均衡を失った凛子は、足を踏み外し、そのまま階段から転落することになってしまった。


しゃらん……。

耳元ではかない水琴鈴の音がする。

鈴が耳朶にふれるほどの距離だ。遠のきかけていた意識が、その音ではっきりと戻った。

一瞬、なにが起きたかわからなかった。酒に酔って足を踏み外したのだろうか、いや、違う。だれかに、かなり強い力で背中を押された。それをはっきりと記憶している。事故ではない。相手は、確実に凛子を転落させるために背中を押したのだ。

「オ凛、痛イ?」

「オ凛、大丈夫？」

オサキの声がして、凛子は目をあけた。

どこからともなくあらわれたオサキが、まわりを取り囲んでいる。

どうやら自分は階段の一番下まで転がり落ちたらしい。

頭を打ったようで、ずきずきと痛む。けれど、地面に直接ぶつけた感覚はなく、ふわりとして、かつ弾力のあるものが緩衝材になった。とっさにオサキが現れて、助けてくれたようだ。

「なんだ、生きてたのか」

上からだれかの声がして、凛子は顔をあげた。

そこには若い男が立っていた。言葉からして、自分を突き落とした相手だとわかった。逃げも隠れもせずに、腕組みしたまま堂々とこちらを見下ろしている。水琴鈴を手にしているから、凛子に耳元で音を聞かせたのも、この男だ。

はじめ、羽織を脱いだ京之介かと思った。それほどに纏う気配が似ていた。だが、黒髪で、その顔は狐のお面で隠されている。

「あなたは――」

凛子が掠れた声でつぶやく。

このまえ温泉街でぶつかった妖だ。そして夏に御使いに行った妓楼〈風間屋〉で会ったあの妖。京之介は、おそらく弟の天月だと言っていた。

凜子は額を袂で押さえながら、ゆっくりと半身を起こした。

オサキが下敷きになってくれたから、大事には至らなかったものの、それでも額にはこぶができていて、ふれると血が滲んでいた。

「いたた……」

両腕や足にも打ち身や擦り傷があって、ひりひりする。

「おまえたち、邪魔をしてくれるなよ」

男が凜子のまわりにいたオサキに手を差し伸べながら言った。彼が身動きすると、ほのかに荷葉の香りがした。

「あ、オサキ……」

オサキ達が、たちまちするすると指先を伝って彼の方に行ってしまう。京之介が彼らを呼んだときとおなじように。

オサキは男の肩の上で嬉しそうにくるくると回る。頬ずりしている子もいる。やはり、おなじ狗神だから懐いてしまうのだ。

「これはオサキじゃない」

男が否定したが、凛子は聞き流した。

「私を突き落としたのはあんたなのね」

凛子はじっとお面を睨みつけて問う。もしオサキが助けてくれず、打ちどころが悪かったら重傷か、下手したら死んでいる。

男が、お面の裏でふっと笑ったような気がした。

「あんたは何者なの……？　顔を見せて」

凛子はのろのろと立ち上がる。体のそこかしこがずきずきと痛んだ。

男も、そろそろ隠すことに意味がなくなっていると気づいたようで、お面に手をかけた。

凛子は打撲の痛みをこらえ、篝火のもとでじっと目を凝らす。

あらわれたのは、琥珀色の瞳の、すっきりと整った美貌。その造りは、驚くほどに京之介によく似ていた。

「俺の名は天月。――京之介の弟だよ、義姉さん」

天月はうっすらとほほえんで名乗った。

「やっぱり、弟だったんだ……」

京之介が会いたがって、ずっと捜しているという弟。

顔は似ている。でも纏う雰囲気はかなり異なる。年が二つか三つ、年若いせいだろうか。

あるいは黒髪のせいだろうか。京之介にあるのは穏やかかつ優美で、泰然自若とした印象だが、この天月は見るからに身軽で放埓な感じがする。

「どうしてこんなことをするの？」

凛子は責めるように天月を仰ぐ。理由は想像がついていた。

「おまえの腹の子を始末するためだよ」

天月は平然と答える。

やはり、そうなのだ。〈高天原〉の女将ご懐妊の噂が出回ったために、動いた。

「残念ながら、お腹に赤ちゃんはいないわ」

「ああ、さっきも座敷でそんな言い訳してたな」

どこからか、盗み聞きしていたようだ。

「でももしかしたら、本人も気づかないうちに孕んでる可能性だってあるだろう？　それに、おまえたちが秘密にしているだけかもしれない。こうやって狙われないようにね。だから念のためにつき落としてやったんだ」

「ずいぶん残酷なのね」

念のためにするようなことではない。

「残酷？　これしきのことで死ぬようじゃ、湯屋の女将なんか務まらないよ、義姉さん？」

　天月は小馬鹿にしたように笑う。

　凛子はじっと天月を見据えた。

「京之介さんになりすまして郷奉行所に離縁状を出したのもあなたね？」

　これだけ京之介に背格好が似ていると、髪でも染めればまわりを欺(あざむ)けるだろう。

「その通りだ。おまえらを引き離すためにね」

　天月は、実にあっさりと認めた。となると、〈離縁の杯〉のための酒も彼が持っているということだ。

　天月は険のある顔立ちになってきた凛子をにやにやしながら見つめていたが、

「おまえのことをはじめて見たのは、谷の温泉区の湯屋だった」

「谷の温泉区……？」

　凛子ははっと息を呑(の)んだ。

　春先に、凛子は谷の温泉区にある闇の湯屋に行った。そこで危うく命を落としかけたのだが、それを面白がって高みの見物している悪党がいた。

「もしかして、あのとき、あんたもあの物見席にいたの？」

「そうだよ。兄上が花嫁を迎えたと聞いて、どんなやつか見てやろうと思ったんだ」

天月は腕組みし、凛子を見下ろしながら答える。

物見席に、まさかこの弟までいたなんて――。

「十年前、人間の郷で兄上を助けた幼女ってのはおまえだったんだろ？　いくらその恩があるからって、兄上がまさかおまえみたいな貧相な娘を娶るとは思わなかったよね」

「悪かったわね」

この手の侮辱にはもはや慣れっこだが。

「あのときはさ、せっかくおまえが反魂の湯に沈むとこだったのに、兄上が遠路はるばるやってきて助けたんだよね。兄上、怒ってたよなあ。……兄上ってさ、冷静な顔してるときほど怒ってるんだよ。おまえ、知ってた？」

あのときがまさにそれだったと、天月が愉快そうに言う。

「知らないわ。別に怒らせたことないし」

優しく窘められることはあるけれど、怒りをぶつけられたことはない。

「ふうん。喧嘩もできない程度の浅い仲なんだ」

嘲るように天月は言う。

たしかに本音を言い合わなければ喧嘩にもならないだろう。だが、凛子は京之介に対して特別になにか我慢しているわけではない。

「京之介さんの懐が広いだけよ。……それより、あんたは、夜道怪とも仲間だったのよね？」

夜道怪とは、七夕の頃に〈高天原〉絡みでひと騒動起こした悪党だ。天月とは〈風間屋〉で一緒だったろうし、闇の湯屋の物見席でも同席していたはずだ。

「ああ、夏頃まではつるんでた。あのおっさんはお縄になってしまったけどね」

あの事件は、大蝦蟇という妖が、湯屋〈高天原〉で主の狗神に噛まれて被害に遭ったという設定の偽装事件が発端だった。あのとき、噛み役を演じた狗神というのがおそらくこの天月なのだ。

「そうそう、〈高天原〉の湯を枯渇させたのも俺らだよ」

誇らしげに告げられ、凛子は驚愕した。

「いったいどういうつもりなのよ？」

凛子の顔がいっそう険しくなるのを見て、天月はにやりと妖しく笑った。

「ちょっとした余興じゃないか」

「余興ですって？」

あんまりな言葉に、凛子はふたたび耳を疑う。

「そもそもの原因は義姉さん、おまえなんだよ。だって兄上ときたら、嫁を貰ったとたんにそっちに夢中になって、俺のことをめっきり捜さなくなった。それじゃ、おもしろくないだろう？　ずっとかわいい弟の俺を追いかけてくれなくちゃあ」

「なんなのそれ、気持ち悪い」

　凛子は眉をひそめる。

「弟が悪さをしたら、叱るのは兄の役目じゃないか？」

「……それはなんとなくわかるけど」

　凛子が昔、同居していた従兄の兄弟たちも、たいてい兄が弟のいたずらやわがままを叱ったり窘めたりしていた。弟の面倒を見るのは、たしかに兄の役どころではある。

「でも、あんたたち兄弟の問題を、湯屋にまで持ち込むのは間違ってる。お湯が枯れてしまったせいで残念がっているお客さんがたくさんいるの。湯屋にとっても、とてつもない損害だわ。営業妨害も甚だしい」

「あの湯屋がどうなろうと、もう俺の知ったこっちゃないんだよ。言い出したのは入道だしね」

　天月は無責任な笑みを浮かべて言う。

「入道……？」

　この名前を聞くのは三度目だ。先代を死に至らしめた因縁の相手で、闇の湯屋で物見席を設けたのも入道だという話だ。

「どうしてそんな奴とつるんで悪さばかりしてるの？　京之介さんは純粋にあんたを心配して会いたがっているのに」

凛子は京之介とおなじ琥珀色の双眸をじっと見つめて問いただす。

「心配して会いたがってるって？　おまえ、兄上に夢見すぎ。今頃、俺を殺したくてうずうずしてるよ、あの人は」

天月の表情が、どことなく卑屈なものを帯びる。

「そんなわけないでしょう。殺すだなんて……」

いきなりの不穏な言葉に、凛子は眉をひそめる。すると、

「おまえ、兄上の本性を知らないんだろう」

天月の声の調子がふっと下がった。

「教えてやろうか？　兄上がおまえの郷で過去になにをやったか」

「なにを言いだすの……？」

煽るような不穏な口調に、凛子は眉をひそめる。

「兄上は、おまえが思っているような善良な妖じゃない。あの人は、おまえが知らないところで、長いこと残虐非道な行為をくりかえしてきた。あの手は、もうどうしようもない

ほどに血に濡れて穢れているんだよ」

「やめて」

凛子はぴしゃりとつっぱねる。

「私は京之介さんがそんな人だとは思わない。あんたの言葉なんか信じないわよ」

京之介の手が血に汚れているなどと。

そんなの、こちらを惑わすための戯言に決まっている。

けれど、ふと凛子は思い出す。夏に、白峰にも言われた。京之介はしょせん妖。半分は自分とおなじだからと浮かれて胸をときめかせたところで、人間とはかけはなれた現実を見て空しい思いをするだけだと。

京之介は語りたがらないけれど、十年前の事件といい、過去にはいろいろとあったようすだ。

凛子の動揺を見抜いて、天月は続ける。

「ふん、そもそも脆弱な人間の娘が、我々、妖と渡りあおうなんて無理な話なんだよ。兄上の母親だって、妖に関わったがために、ろくな末路を辿らなかった」

「お母さんが亡くなったのは、妖絡みだったということ……？」

「へえ、嫁にまでなったのに、ほんと兄上のことなにも知らないんだな、義姉さん」

またしても嘲（あざけ）るような笑いでもってバカにされる。

「……そうじゃなくて、今はあんたの話をしてるの」

凛子は話を戻した。相手のペースにのせられたら終わりだ。

「あんたと京之介さんは、昔は仲よく遊んでいたんでしょう。もう京之介さんに会う気はないの？」

本当は会いたいと思っているのではないか。だからときどき〈高天原〉に絡んで事件を起こすのではないか。

「まさか。会いたけりゃ、とっくにあの湯屋に帰ってる」

天月は大仰（おおぎょう）に否定する。

「もう〈高天原〉には帰らないというの……？」

もう一度、京之介と会ってほしくてたずねる。今、このおなじ邸内にいるのだ。〈高天原〉には帰らなくとも、せめて京之介と会って話だけでもさせてあげたい。だが、

「さあね。兄上が僕を捜してるんなら帰りたくはないなァ」

さも興味なさげに天月は返す。

妙だ。京之介の存在にこだわりすぎている。冗談にしても、京之介が自分を捜しに来る頻度（ひんど）が減ったことを怒ったり、湯屋に帰ってもよさそうなのにわざわざもったいつけた言

い方をしたり、まるでつむじを曲げた子供のようではないか。

凛子のことだって、京之介に劣(おと)るとはいえ、それなりに強い妖力を持っているのだから、始末したければこの場でさっさと噛み殺せばいい。腹の子も、妖力を使えばどうにでもできるだろうに、階段から突き落とすような小賢(こざか)しい真似(まね)をしたりもして。

「あんたは――」

凛子はほとんど確信して言う。

「京之介さんが好きなのね……？」

「なに？」

天月が不快げに眉をひそめる。

「でも怒られるのが怖いから、だからこうやって遠くから京之介さんを困らせてるの。そうなんでしょう？」

入道に便乗して温泉郷を揺るがすような悪さをして、結局は兄の気を引きたいだけなのではないか。

図星だったのか、あるいは心にもないことに腹を立てたのか。

いきなり天月の手ががっと伸びて、凛子の首根を摑(つか)んだ。

「黙れ」

低い声で凄(すご)まれ、強い妖気に肌を煽られて、ぞわりと全身が粟立(あわだ)つ。

殺意に近いものがびりびりと伝わってきて、息どころか瞬きもできない。

「やめ……て……」

「おまえなんかひと捻(ひね)りなんだけどな？」

首根を掴む天月の手に、じわじわと力が籠(こ)る。ひと捻りだが、あえてやめておく。だが、苦しめてはやるといった調子で気道が締められ、本格的に呼吸が苦しくなる。

「う……」

凛子は渾身(こんしん)の力で天月の手を退けようとするが、びくともしない。それどころか、爪が鋭く尖(とが)ってきて、凛子の首を食い破らんとしている。腕力は手加減されているだけで、力を入れれば、彼の言う通り、たやすく首を捻られて確実に死ぬ。

「………うっ」

相手を甘く見ていた。たとえ京之介と血を分けた兄弟であっても、騙(だま)す、化かす、殺すは日常茶飯(さはん)の妖なのだ。

いつもは助けに来てくれるオサキも、さきほど天月にうち消されてしまった。

苦しい。息ができない。このまま死ぬのだろうか。切羽(せっぱ)詰まった不安に襲われ、よけいに息苦しくなってくる。

京之介さん――……。

脳裏に彼のことが浮かんだ。助けに来てほしかったのか、あるいは、弟にもう一度会わせてあげたかったからか。自分でもわからない。とにかく彼を思い出しながら、こんなところで死にたくないとはっきりと思った。自分が死んだら、きっと京之介は苦しむ。首を絞めたのが弟だと知ればなおさら――。

意識が遠のきはじめ、天月の手を退けようとする凛子の手が、徐々に力を失ってゆく。

そこで突然、天月が呻いて手をはなし、凛子からはなれた。

その拍子に、水琴鈴も彼の手からこぼれ、しゃらんと音をたてて地面に転がり落ちる。

思いがけず呼吸が楽になって、凛子がめいっぱい息を吸い込んでいると、今度は天月のほうが体をくの字に曲げて、発作的にごほごほと激しく咳き込みだした。

「え……っ？」

たちまち呼気も荒くなり、顔色もみるみる悪くなってゆく。

凛子がなにごとかと思っていると、挙句に彼が、ごぼっと喀血した。

「ちょ……」

暗がりで、鈍色の単の袂が鮮血に染まり、ぼたぼたと血が地面に滴るのがわかった。

「どうしたの……？」

病気なのだろうか。凜子は動揺しつつも、なんとか楽にならないかと思ってぜいぜいと喘（あえ）いでいる天月の背中をさすろうと手を伸ばしかけたのだが、

「さわるなっ」

強い力で撥（は）ねのけられた。

一瞬、向けられたのは、手負いの獣のような鋭いまなざし。胸元が痛むようで、そこを押さえ、肩でハァハァと息をしながら耐えている。

「だ、大丈夫なの……？」

今にもこと切れてしまいそうな苦しげな息遣いに、こちらまで苦しく、不安になってくる。

拒（こば）まれるのでどうしてやることもできず、うろたえながら見守っていると、鬼火を受けてぎらぎらした琥珀（こはく）の双眸がこちらに向けられた。

「……取引をしろ」

乱れた呼吸の合間に彼が言う。

「取引……？」

「入道は……地震によって、湯脈を変えられる大鯰（おおなまず）を……操ることができる。……〈高天原〉の……憑（つ）き物落としの湯も……入道が……大鯰の力で枯渇（こかつ）させた」

「そうだったの？」

大鯰を操ることができる妖の種族がひとつだけ存在すると白峰が言っていた。

「もしもおまえが……兄上と〈離縁の杯〉を飲んで人間の郷に帰れば……枯渇した湯脈は……元通りにしてやる。……だが……このままこの郷に居座るなら、さらに地震を起こして……〈高天原〉を大量の湯攻めにしてやる」

「湯攻めですって……？」

そんなことをしたら〈高天原〉はどうなるのだ。

「……多数の客の命を奪い、建物もすべて失えば、もはや〈高天原〉の威信は潰えるだろう。……これは俺だけじゃない、入道の願いでもあるんだ……」

「入道の？」

凛子はまだ見ぬその妖に、強い憤りを覚えた。京之介に呪いをかけただけでは飽き足らず、まだ〈高天原〉を害するつもりか。

「正直、俺は……湯屋なんかどうでもいいんだ。……兄上さえ苦しんでくれればそれでいい。……おまえがこの温泉郷からいなくなれば、……兄上は生きる糧を失って傷つくだろう。そうして痛めつけられれば俺の気は済むから……今後は〈高天原〉には一切、なにもしないことを約束してやるよ……」

つまり、凛子が〈離縁の杯〉を飲んでこの温泉郷を去れば事は丸く収まるということだ。

「どう？　いい取引だろう……？」

天月は血に濡れた唇でにやりと笑う。

が、ふたたび軽く咳き込んで、不快な表情に変わる。病なのか、なんなのか不明だが、やはり苦しそうだ。

それから、なにかの気配をとらえたらしく、階段の上を見上げて耳を澄ます。

人間の凛子にはわからないが、近くになにかが向かっているようだ。

そしてこれ以上、ここには居られないと踏んだらしく、

「近々、入道が〈高天原〉の座敷に予約を入れる。……そのときに答えを聞かせろ。俺と話したことはもちろん、だれにも口外するなよ……」

口元の血を拭いながら釘をさすと、天月は踵を返す。

「待って！」

凛子はとっさに引き留める。

京之介に会ってほしい。ひと目だけでもいいから。

そう言いたかったのだが、彼は狗神に姿を変じて、逃れるように付近の林に姿を消してしまう。

客としてここに来ていたわけではないようだ。

夜の闇に薫風を撒き散らすような白毛の神々しい威容は、京之介とおなじだった。

その麗しい姿を目で追いながら、凜子はもうひとつ、彼に会ったら訊きたいことがあったことを思い出した。

温泉街で攫われたあの日、どうして氷室に閉じ込められていた凜子とその仲間を連れ出したのかを——。

4.

天月が去ってから、彼と入れ替わるようにしてやってきたのは京之介だった。

天月はおそらく、来るのが京之介だとわかっていて、ここから姿を消したのだ。

階段の一番上からこちらを覗いた京之介は、凜子の姿を見つけ、急ぎ降りてくる。

「京之介さん……」

凜子は京之介の姿を見るなり、ほっとしてその場にへたり込んでしまった。それきり、体が固まったようになって動けない。

「大丈夫か。ちっとも戻らないから妙だと思って捜しに来たんだ」

駆けつけた京之介が、膝をついて顔を覗き込んできた。

「その傷はどうした……？」

「なんでもない。ちょっと階段で転んじゃって……」

凛子は額の傷を気にしながら誤魔化す。

「大丈夫、オサキが助けてくれたの」

「オサキが？」

「そう。京之介さん、いつもこっそり私に仕込んで助けてくれるのよね。ありがとう」

「……」

凛子は笑いながら礼を言うが、京之介はなぜか黙ったままだ。

それから、彼は天月が落としていった水琴鈴に気づいて、それを拾い上げた。

「天月に会ったね？」

言い当てられて、どきりとした。

「荷葉の香りがする。おそらく、あいつが狗神の匂いを消すためにつけているものだ」

京之介は淡々と言った。証拠がふたつになって、言い逃れができなくなった。

「……」

凛子は無言のまま、ひとまず立ち上がろうとしたが、転落したときにあちこち打ったらしく、節々が痛んでよろめいた。

　京之介がとっさに支えてくれたが、その拍子に、首に残るいくつかの爪痕にも気づかれた。

　彼が目を瞠る。

「この爪痕は――」

「あ、これはね……、ちょっと虫刺されが痒くてかきむしっただけだから大丈夫、気にしないで」

　凜子は首元を手で隠しながら誤魔化したが、なんともつまらない嘘になってしまった。勘の鋭い京之介が気づかないはずはない。彼は天月が悪意を持って施したものであることを悟り、苦い表情になった。

　それから凜子の体を抱き寄せた。

「すまなかった」

　いたわるように凜子の体を抱きしめて、詫びる。

　怒りやもどかしさ、それに、どうしようもない寂寥感の漂う複雑な彼の声音に、凜子は悲しくなった。ふたりの再会は近いのかもしれない。でも、天月と京之介とでは、思いが違っているようだ。少なくとも京之介は、こんな展開を望んではいなかっただろう。

「天月はなんて？」

京之介が、凛子を抱いたまま訊ねてくる。

「君になにか話していっただろう？」

凛子が黙ったままでいるので、問いをかさねてくる。とても静かな落ち着いた声で。

もう、天月が相手であったことは隠しきれない。

「いいから、言ってごらん？」

京之介が、凛子の顎先にそっと優しくふれて促してくる。

「〈憑き物落としの湯〉を枯渇させたのは、自分たちだって……。京之介さんになりすまして離縁状を出したのも、やっぱり彼だった」

「そうか。……まあ、目星はついていた」

凛子は「え？」と目をみひらいた。

「地震が、うちの湯屋周辺にしか起きてなかったことが後からわかったから、入道が大鯰を操ってやったとしか考えられなかったんだ。ほかにはなにを話した？」

京之介は、凛子は、凛子が隠し事をしていることに勘づいている。

それでも凛子は、取引のことだけは言えないと思った。

「あとは、大した話じゃないの。なんだっけ、京之介さんが残忍で、あの手は血に汚れているとか……そういう根も葉もないことを吹き込んで、私を惑わそうとしていただけ」

適当に流すつもりで話したのだが、京之介のまなざしがかすかにゆれた。図星であるかのような表情を、迂闊にも彼が見せたのだ。

おかげでまったく信じていなかった凜子の中に、一抹の不安が生じた。

「……そうか」

京之介は合槌を打つものの、それきり、言葉少なになる。

それが、凜子の中の不安をいっそう膨張させた。それではまるで、天月の言ったことを肯定しているみたいではないか。

「以前、氷室に閉じ込められていた私たちを外に出したのも、天月だったの」

温泉街で雪妖に襲われ、連れ去られたあとのことだ。

「ああ。狗神鼠が懐いてついていってしまったというから、多分あいつだろうと思ってた」

「どうして出してくれたのかな。凍死してしまったら、売り物にならないから……？」

凜子は本人に訊きそびれてしまった疑問を口にする。

すると、

「生々しい話だから避けていたんだが――」

京之介はそう前置きをしてから続けた。

「氷漬けの人間は、観賞用として半永久的に楽しむことができるから、好事家の間では人気で、より高く売れるはずなんだ。だから、売り物にならなくなるから出したというのは違うと思う。……単純に、君たちを生かすためだったんじゃないかな。兄の嫁と知っていて、利用価値があると考えたからか、正義感から助けたのか、どちらかはわからないが」

「そうなのね……」

正義感とは考え難いが、一体どちらのつもりだったのだろう。

いずれにしても、彼のおかげで命拾いしたのは確かなのだ。凜子は天月のことがわからなくて、京之介の懐に顔をうずめた。

オサキを集めて顔をうずめたときとおなじ安堵感があって、体の痛みが癒されてゆくようだ。

「天月は、病気なの……？」

ふと、血に汚れた美貌が思い出されて、凜子は問う。

「……ああ」

京之介は静かに頷く。

妖にも病は存在するようだ。天月の場合、かなり重篤のように見受けられる。

「助けてあげて。病気のせいだけじゃなくて……、あの子、なんだか苦しそうだった……」

凜子は、京之介の顔は見ないまま告げる。

まだ自分を痛めつけた彼への不信感や嫌悪感が拭い切れず、うまく伝えられないかもしれないから、あえて見ないまま、でも言わずにはいられなくて、口にした。

天月は苦しんでいる。直感的にそう感じたのだ。うまく言えないけれど、言葉通りに兄を憎んでいるだけとは思えなかった。

憎しみもたしかにある。でもそれ一色ではなかった。凜子も幼い頃、年の近い男兄弟を身近に見ていたからわかるのだ。憎まれ口をたたいていても、その裏に兄を慕う感情がある。言葉の端々に、それがそこはかとなく滲み出ていた。

京之介が天月を想って苦悩しているのとおなじように、彼のほうにも、他人には計り知れない兄への特別な感情があるように思えてならないのだ。

5.

その後、凜子は京之介とともに寝殿に戻った。

おりしも宴がおひらきになったところで、凛子が何者かに襲われたと聞きつけた女将が、主の天狗大将とともにあらわれ、警備を怠ったことを詫びつつ、傷病に効果のある湯を紹介してくれた。

ここへ来たときは、京之介とふたりきりで一夜を過ごすということで浮かれた気分だったけれど、二度目の温泉に浸かって部屋に戻るときには、長い船旅から戻ったように疲れ、気持ちも大人しくなっていた。

部屋の中にはすでに、別の湯に入った湯上がりの京之介が坪庭に面した庇に寝転がって凛子の戻りを待っていた。

「傷はどうだい？」

京之介が半身を起こし、あぐらをかいて訊いてくる。

「もうそんなに痛くないよ。温泉に浸かったら痛みがやわらいでいったの。不思議。ほら、あざや爪痕も薄くなって、治りかけの軽傷の状態になってるでしょ？」

凛子は京之介の横に座り、袖を捲って腕を見せる。

さすがに人間界ではここまで一気に効果の表れる温泉は存在しないので驚いた。何日も通ってようやく効能が得られるのがふつうなのに。

「体調は？」

京之介は、今度は凛子の顔を覗いてくる。

「元気よ。霊泉の奇跡を体感したわ」

凛子は、京之介がふだんよりも過保護になっているのがおかしくて、少し笑ってしまった。

「よかった。湯に負けてしまうとかえってよくないから、心配だったんだ」

妖の世界にある珍奇な温泉は、効能が高い反面、人間のように弱い種族には逆効果になりうる。温泉成分が体に合わないまま数日間、入浴を続け、徐々に体調が崩れ出すことを湯あたりというが、これがわずか一日目から起きたり、症状が重く出たり、下手したら命を落とすこともあるのだという。異界は、それほどに刺激が強い温泉が多いということだ。

「女将が傷に軟膏も塗ってくれたの」

「ああ、君から、薄荷を蜂蜜に溶かしたようないい香りがする」

京之介がふと凛子の肩先に鼻先をよせて、ほほえむ。

互いの距離がいっそう近くなって、凛子はどきりとした。

一瞬、そのままふれあって、恋人同士のように戯れてもいいような気持ちになりかけた。

けれども、

「今日は、弟のためにすまなかった」

京之介が目を伏せて詫びてきたので、凛子は甘い感情を頭から締め出した。

覇気のない静かな声からして、弟とのことを、ずいぶんと負い目に感じているようだ。

「京之介さんはなんにも悪くないんだから謝らないで。傷だって温泉のおかげでもう治ってきてるし」

行方不明だった天月と接触ができて、むしろ良かったと思っている。

京之介はかすかに頷いた。

それから、

「夜明け前に、一緒に湯川を歩こう」

そう言って凛子を誘ってきた。そこで、弟も含め自分の過去について話をしたいと。

「湯川ってなに？」

人の苗字のような名称だ。

「文字通り、温泉の湯が流れる川だよ。足湯とおなじような効果が得られるんだ。ここの湯川には砂金が流れていて、夜になると、それが月明かりを受けて輝くからきれいなんだよ」

だから、夜が明けてしまう前に歩くのがいいのだという。

〈金毘羅屋〉の建築群から少し離れた場所に、その湯川なるものがあった。

うっすらと湯気のたつ、幅の広い湯の川が流れている。凜子たちが立つ右岸から左岸までは、距離にして五十メートルほどあるだろうか。浅い川だが、川底には光の筋がいくつもできていて、たしかに月明かりを受けてきらきらと細やかな光を放っていた。

「もしかして、この光の筋がぜんぶ砂金なの……？」

「ああ。上の方の山々に、金鉱脈がふんだんにあるそうだ」

山腹に露出した金鉱脈が雨風で洗われ、砂状に細粒化して川に流れるのだという。

「きれい……」

凜子はその美しく神秘的な眺めに目を奪われた。人間界では見られないほどの大量の砂金が水底で撚り集まって、光の水脈を作っているのだ。

凜子は思わず屈み、光り輝く川の中を覗き込んだ。

月明かりのもとで目を凝らすと、湯水は澄みきっていて、川底の砂礫も細かく、星の砂のような白っぽい色をしていた。

「熱いのかな。掬ってみてもいい？」

凜子は京之介を仰いでたずねる。

「もちろん。湯は適温だよ」

京之介が言うので、凛子はそっと手を川の中に入れてみた。

「たしかにいい湯加減だわ」

人肌よりも少しばかり熱いと感じる。三十八度くらいだろうか。

川底の砂を両手で掬ってみると、そこにはたしかにきらりと輝く砂金が混じっていた。

「盗まれたりしないの？」

人間界ならまたたく間に人がたかってゴールドラッシュが起きるだろう。

「一応、採集は禁じられているし、このあたりは〈金毘羅屋〉の客以外は立ち入り禁止だからね」

この川原一帯は〈金毘羅屋〉の敷地内であり、湯川に入れるのは湯屋の客のみだ。客のほとんどが富裕層だから、金に目が眩むような下衆な者はおらず、ごろつきどもも、わざわざ天狗大将を敵に回してまでも銭稼ぎをしようとは考えないのだという。

凛子は掬った川砂を湯水に戻した。

砂金は砂粒とともにさらさらと流れ、やがて光の筋に溶け込んでゆく。

「蛍火が集まっているみたい……」

暗闇に浮かびあがる妖光はところどころで途切れ、ふたたび一つの水脈を作る。それが幾筋も川中に広がって点在している。いかにも異界らしい不思議な眺めだ。

「向こう岸まで歩いてみようか？」

京之介が誘い、下駄を脱いで湯水の中を歩き出した。

凛子も彼に倣って下駄を脱ぎ、足を踏み入れた。

湯水はあたたかく、砂金の混じった川砂にやわらかく足の裏を包み込まれる。

「気持ちいい……。たしかに足湯みたいな効果が期待できそうね」

川砂を踏みしめて歩くたびに疲れが抜けてゆくようで、気持ちがほっこりする。

砂礫の中をゆっくりと並んで歩きながら、京之介が訥々と話をはじめた。

「父上が天月ではなく、半妖である俺を跡目に選んだのは、天月に持病があったからなんだ」

「持病……」

「そう。長い距離を走ったり、多大な妖力を使ったりして体に負担がかかると気道が狭まり、咳き込み、喀血する」

突発的に発作に見舞われることもある。獣妖にたまに見られる症状で、原因不明、根本治療のかなわない厄介な病なのだという。

「天月の場合は幼少期に発症して、しばしば病状に苛まれてきた。小さな体で発作に耐えている姿を見て、ずっと可哀相だと思っていた。だから天月の望むことは何でもやらせてあげたいと、まわりのだれもが感じていたと思う。湯屋の跡だって、俺は、本来継ぐはずだった天月が継いで、ふたりでやっていけばいいと考えていたんだが、父上が許さなかった」

主の弱みは湯屋の弱みとなり、いずれ商売敵に湯屋を傾けられる引き金になるからと。

「父上には、天月に対してほかにもある強い思いがあったんだが、表向きの理由はこれだった」

凛子は思い出した。

「猫娘たちと、天月が跡を継げなかった理由について話しているとき、紗良がなにか言いかけたの。きっと病のことだったのね……」

京之介は頷いた。

「俺は天月よりも先に生まれているが、半妖の上に、父上が人間との間に作った子で、途中から湯屋に連れてこられた身だから、はなから跡目にはふさわしくない存在だった」

「京之介さんが人間界から〈高天原〉に連れてこられたのは、六歳くらいだったよね？」

猫娘たちがそう言っていた。

「ああ。幼い頃は、天月と兄弟仲良く遊んでいたんだ。天月は自分に正直なやつで、身勝手で自由奔放な性格だったが、いいところもたくさんあったんだよ。湯銭を持たない者や、弱った妖にはとくに優しかった。うちの湯屋の、ただの沸かし湯を提供していた内湯を薬湯に変えたのは、天月なんだ」

「そうだったの？」

凛子は目を丸くした。

「十一歳くらいのときだったかな。持病を治すためにときどき沸かしてもらう風呂を、みなにも提供してあげようと。湯銭を持たなくても症状がある者には無料で開放しようと言い出して。自分とおなじような苦しみを持つ妖たちのことを、子供心にどうにかしてあげたいと思ったんだろう。……だが、父が床に臥せって、俺が〈高天原〉を取り仕切るようになる頃には外泊が増えて、あまりあの湯屋によりつかなくなった」

その頃には態度もずいぶんと変わり、何度、ふたりで湯屋を切り盛りしてゆこうと説得しても聞く耳をもたなかったという。

そして父が亡くなる少し前に、完全に行方をくらました。

「天月は自分の意思であの湯屋を出たが、おそらくそれをそそのかした相手がいる」

京之介が、川下の光の水脈をじっと見つめながら言った。

「だれなの、それは？」

「今も天月と一緒につるんでいる、入道という妖だ」

「入道……」

またしてもこの妖の名があがった。

「天月が何度も口にしていた名だわ。先代の宿敵でもあるという……」

猫娘たちも言っていた。先代が早逝（そうせい）したのはこの妖の毒刃を受けたせいだったと。

「そう。そして十年前、俺に寿命を奪う呪詛（じゅそ）をかけたのも、実はその入道だ」

「えっ」

凛子は絶句し、思わず足をとめた。ふたりは川中まで来ていた。

京之介も足を止め、凛子を見て続けた。

「入道は、温泉郷の裏社会を支配しているといわれる悪党だ。もとは湯屋株の売買を生業（なりわい）としていた大物だった」

「そういえば、温泉郷には湯屋株なるものが存在していると百爺（もんじい）から聞いたわ。湯屋株を持たない者は湯屋を営（いとな）む権利がないとか……」

いわゆる営業権である。

湯屋株は、一株の譲渡（じょうと）価格が三〇〇から五〇〇両、高価なものは一〇〇〇両にもなるが、湯屋株数は一三〇〇と決まっているため、それを仲介（ちゅうかい）する商売が成り立つのだという。

「入道はかつて、湯屋組合の一員でもあったんだが、えげつない仲介を繰り返して暴利をむさぼっていたために組合から追放されたんだ」

「天月はどうしてそんなやつと……」

父親に仇なした相手でもあるのに。

「弱みにつけ込まれてしまったんだろう。入道は〈高天原〉だけでなく、自分を追い出した温泉郷自体も恨んでいる。……諸悪の根源は入道だ」

京之介がふたたび砂金の水脈の一点を睨み据えて言う。この男が険しい表情を見せるのはめずらしいことだ。

しかし無理もない。父を殺め、弟をそそのかした仇なのだ。おまけに温泉郷自体を荒らして回っているという極悪人だ。

これまでの闇の湯屋での事件や、夜道怪の事件のおりにも、黒幕を暴くことはあきらめているように見えたが、あえて無感情になることで、怒りや苛立ちを抑えるしかなかったのかもしれない。

「先代と入道の間には、一体何があったの……？」

それこそが、そもそもの原因に思えて、凛子は問う。

このまえ白峰も言っていた。京之介にかかった呪いは、先代が残した負の遺産だと。

凛子は、〈高天原〉にかかわる先代の過去を——ひいては京之介にふりかかることになったすべてを知らねばならないと思った。いまがその時なのだと。

けれど京之介は、すぐには答えてくれなかった。なにか考えながら、ゆっくりと川の中を歩きだす。

「話したくなかったら、無理に話さなくていいよ」

軽々しく訊いたことを少し後悔しながら、凛子も京之介の後を追う。

それほどに覚悟がいることなのだろうか。

あるいは、自分には、まだ知る資格はないのだろうか。凛子はまた置き去りにされたような心地になる。

無言のまま先をゆく京之介の背中は、これから話すために言葉を選んでいるようにも見えるし、だれとも過去を共有する気はなくて、拒んでいるようにも見える。ただ湯川に浸かった足だけが温かくて、それがかえって切なかった。

「おいで」

ふと、凛子の歩みが遅くなったことに気づいた京之介が、ふり返って手を差し伸べてくれた。

それが妙にうれしくて、凛子は彼の手をとり、ふたたび歩き出した。

あと少しで向こう岸に着くという頃、

「凛子」

京之介が、手を繋いだまま問いかけてきた。

「君は俺のこの手が、もしも天月の言うように、無辜の人々の血に汚れていたらどうする？」

「え……？」

凛子は思わず足を止め、繋いだ手を見下ろしてしまった。

「そんな男のそばにいることに、君は耐えられるか？」

あえて感情を排した平淡な声音だったが、それは、この手が血に汚れていることを認めるようなものだった。

凛子は無言のまま、固まった。

この半妖には、なにか凄惨なことをしてきた過去があるのだ。白峰も、天月も、それを知っていて警告じみたことを言ってきた。

京之介も、あえてその事実をぶつけて、凛子に選択を迫ろうとしている。

でも今はわかる、少しだけ、この人のことが分かりはじめた今なら。

冷静に見える琥珀の双眸の奥には、もの寂しげな揺らぎが見え隠れしている。母からの拒絶を恐れる幼い子供のような、不安定な揺らぎ。

つまり、それでもこの手を離さないでいてくれるかと、覚悟を問われているのだ。

「そんな男ってどんな男？」

凛子は、問いで返した。あまり深刻になりすぎないよう、ふだんの声音で。

「私の知っている京之介さんは、簡単に人を殺めるような凶暴な妖には見えない。でも私、京之介さんのこと、知らないことの方が多いの。だから、やっぱり聞かせて。過去に、なにがあったのか……」

凛子はいったん京之介から手を離して、訊いた。

どうしても声も表情も硬くなってしまって、そのせいか、京之介のまなざしが翳(かげ)りを帯びる。

でも、突き放したのではない。彼を受け入れたいから、そうしたのだ。

第四章　母との別離

1.

夜明けが近く、闇が薄まって群青色になりはじめている。

砂金の流れる湯川は、対岸から見ても美しかった。

きらきらと光る湯川の向こう、こんもりと生い茂る森の端から〈金毘羅屋〉の建築群の一部がのぞいているさまは、まさしく夜明け前の桃源郷のようだ。

「まず、俺の母上の話からしよう」

京之介は、川縁にある大きな方形の岩に腰を下ろし、凪いだ声できりだした。

岩は、客が湯川に足を浸して寛げるように設けられたものだ。

凛子も彼のとなりに腰かけた。

「母上は上総国の武家の末娘で、飯野藩の藩士である皆井重忠という男のもとに、妾として仕えていた」

澪という名だったという。

「上総国？」

古い日本の土地名にそんなのがあった気がする。千葉の房総半島のあたりだったろうか。

「いまから一五〇年以上前のことだよ」

凛子は驚いたが、妖は人間とは寿命の尺が違う。

「お母さんは、妾……だったの？」

耳慣れない言葉にも、やや戸惑った。つまり愛人ということだろうか。

「当時、妾の存在はめずらしくはなかったと思う。……母上は多情だった夫のことをもともと好いてはいなかったが、あるときを境に皆井は人が変わったように横暴になり、しばしば狼藉をはたらくようにもなった」

「狼藉……」

「相手を痛めつけることで愛情を感じる性分だったようで、殴ったり、罵声を浴びせるのが日常茶飯になった。人格が変わったのにはわけがあったんだが、それは後で話すよ。……とにかくそういう酷い男だったから、母上は少しも愛してはいなかった」

加えて、若く美しかった澪は、本妻からは目の仇にされ、日々、冷遇されて神経をすり減らしていたという。

そんなある日。

つらい館暮らしからつかのま解放されたくて、澪は単身で近くにある寺を訪れた。その宿坊で写経や座禅を組むひとときだけが、心休まる時間だった。

緑豊かな山間の寺で、付近にはいくつか天然温泉があるので湯治場として栄えていた。

その自噴する温泉のほとりで、澪は腕を負傷した男を見つけた。

遠く異国で紡がれたかのような、見慣れない柄行きの単衣を着ていて、温泉を取り囲む岩の上に寝転がっていた。年の頃は二十歳をいくつか過ぎたくらい。精悍な顔立ちだが、瞳の色がめずらしく淡い琥珀色で、髪の色も薄い。異国人のような、どこか浮世離れした風体だった。

微動だにしないので、はじめは死人に見えた。

おそるおそる近づいてみたが、澪がそこにたどり着くよりも先に、男は澪の気配に気づいて半身を起こした。警戒して身構えるその姿が、機敏な獣のようだと思ったという。

澪は破れた衣に染み込んだ大量の血を見ながら、どうして負傷しているのかをたずねた。

すると男は、岐禅と名乗ってからこう続けた。自分は狗神という妖だ。人間の郷で悪事を働いている妖を懲らしめにやってきたが、返り討ちにあってしまった、と。

「この悪事を働いている妖というのが入道のことだ」

京之介が言った。

「入道……？」

いきなり話が黒幕に繋がった。

「入道は湯屋組合を追放されたのち、人間の郷へ逃れ、人攫（ひとさら）いをして荒稼（あらかせ）ぎするようになっていたんだ」

人間は一部の好事家（こうずか）に高値で売れる。当時はまだ、関所の通行料も低額で、今よりも行き来がしやすい状態にあり、人間が攫われる事件も多発していたという。

「で、あるときその噂（うわさ）を聞きつけた郷奉行——君も知っている白虎（びゃっこ）の親父（おやじ）のことだが、彼が父上を誘って人間の郷に入道の一味の討伐（とうばつ）に繰り出すことになった」

京之介の父・岐禅は義俠心（ぎきょうしん）の強い男だったので、白虎の申し出を二つ返事で引き受けた。温泉組合から入道を締め出すことを提唱した中心人物のひとりでもあったという。

「手下を始末するのは簡単だったが、入道はそうはいかなかった——」

悪知恵も働くし、妖力も強大だ。温泉郷の裏社会を牛耳（ぎゅうじ）っているだけのことはある。ただ、白虎も狗神も獣妖の誇りを懸（か）けて挑んだから、はじめのうちは優勢だった。しかし狡賢（ずるがしこ）い入道が、争いの場を人間の住む郷に移したために形成が逆転した。

罪のない里人を巻き込むのは忍びないと、白虎側が守りに入ったのが仇（あだ）になって劣勢になり、入道側が猛攻を仕掛けてきたのだ。

そこで岐禅は深手を負うことになった。

「このときに受けた毒刃のせいで、父上は早逝するはめになった……」

遅効性の毒で、じわじわと数十年かけてその身を蝕んでいったのだという。

澪は、温泉のほとりに倒れていた男を助けてやることにした。彼は自分が妖だというが、それは素性を隠すための空言にすぎず、おそらくどこかから逃れてきた流人だろうと澪は思っていた。

彼女は岐禅を宿坊に連れていき、患部をきれいにして傷に軟膏を塗ってやった。

――用意のいい女だ。

岐禅はそう言って、薬を持ち歩いている澪に感心した。しかし澪は、あいまいにほほえむだけだった。

「お母さんは、妖が見える人だったの？」

凛子はふと気になってたずねる。

「ときどき見えることがあったらしいが、あまり気に留めてはいなかったそうだ」

「気に留めずにいられるものかな」

凛子は気になって仕方がなかったし、話しかけられたりすれば嫌でも反応せざるをえなかったのだが。

「昔は、今よりもずっと妖が身近だった時代だし、そこまで存在感のある妖に会ったことがなかったんだろう。だから人の姿をした父上が正直に狗神だと名乗っても、ずっと半信半疑だったそうだ」

それから澪は、岐禅のために毎日、湯治場の宿坊をおとずれた。

岐禅の体は、毒こそ抜けきらないものの少しずつ癒えていき、彼が歩けるようになると、ふたりは宿坊の付近にある小さな自噴泉のほとりで会うようになった。

芝桜が一面に花開く季節だった。

——おいで。今度は私がおまえの傷を癒してやろう。

岐禅は、そう言って澪の体を抱き寄せた。

彼は看病されるうちに、襟元からのぞく澪の胸元や腕に、複数の痣があることに気づき、なぜ澪がいつも薬を持ち歩いているかを悟ったのだった。

抱かれれば、その腕はおどろくほどにしなやかであたたかく、澪は岐禅の優しい笑みや皆井にはないその包容力に惹かれて、たちまち恋に落ちた。

澪は暇さえあれば皆井の目を盗んで館を抜け出し、相手が妖とは信じぬまま、時が経つのも忘れて花の褥で睦みあった。

岐禅は、ほんの気まぐれだった。儚く(はかな)か弱い人間の娘が、かいがいしく自分の面倒を見る姿がいじらしくて、腕に戯れて(たわむ)くる小動物のように見えたに違いない。人間の郷で休養する束の間、彼女を手慰みにしてかわいがった。

梅雨(つゆ)が終わる頃、澪は岐禅の子を身籠(みご)った。

——郷に帰る体力が戻ればここを去るつもりだった。私の郷に来ないか。

子ができたことをうちあけると、彼にそう誘われた。

澪はついていきたかったけれど、それはできないと答えた。

澪の生家はもともと皆井家の庶流(しょりゅう)で、両家は永らく敵対関係にあった。そこへ和睦(わぼく)のため、人質同然にして嫁い(とつ)できた身なのだ。澪がいなくなれば、皆井重忠は血眼(ちまなこ)になって探すだろうし、いないとなれば生家に害を及ぼすに違いない。わかっているから、あの家を出ることはどうしてもできない。——少なくともこのときはまだ、決心がつかなかった。

腹はみるみる大きく膨らみ、秋の終わりには隠しきれないほどになった。もちろん皆井には、よその男と情を通じたなどとは口が裂けてもいえないから、皆井の子として産むしかなかった。

岐禅は、澪が身籠っていることを知ってほどなく姿を見せなくなった。郷に帰ったのだとわかった。

もう二度と会うこともない。

そういう確信があって恋しかったが、それでもお腹の子がいる限り、強く生きていけそうな気がした。この子を守り、その成長をずっとそばで見守ってゆくのだ。そうして希望をもつことができたから、後悔はなかった。

――そなた、狗神に憑かれておるのではないか？

あるとき、身重の澪を見下ろして皆井重忠が言った。勘の鋭さに、澪は青ざめた。なぜ腹の子が狗神と断定までできたのか、このときはまだわからなかった。

臨月を迎え、生まれた子は京之介と名付けられた。

見た目はふつうの赤子だったが、そうでないことはほどなく明白になった。体の成長の速さこそ人の子と同じだったが、視力、嗅覚、聴力、脚力、跳躍力、すべてが抜きんでている。

京之介は、人の子にしては異常なほどに身体能力が優れていた。

岐禅が話していたことは本当だった。澪は、彼が人ならぬ異形のものであったことを、そこではじめて実感したのだった。

京之介が半妖であることは、成長するにつれてますます顕著になっていった。野遊びをすれば、狼や山犬などの獣を引き連れて帰ってくる。ときどきくるりと身を反転させて、白い犬の姿に化けることもある。

ころころとした犬の姿はかわいらしかったが、素直に喜んでもいられなかった。

——見て見て、母上。

嬉しそうにはしゃいで犬に姿を変える京之介を、母は咎(とが)めた。

——かわいいわね。でも、決して人前で化けてはなりません。

——どうしていけないの？

——おまえを守るためです。これは母さまとの秘密にしておいてね。約束ですよ。

母はそう言って寂しそうにほほえんだ。澪は、京之介が秘めている力が皆井家に見つかることをひどく恐れた。

結局、正体は隠しきれなかった。京之介が狗神に化けたところを皆井に見られてしまったのだ。

——そなた、なにを産んだのだ、この物(もの)の怪(け)憑きがァ。

皆井重忠は澪の不義に激怒し、母子を引き離した。

——凶暴な犬は檻(おり)に入れておくのに限る。

彼はそう言って京之介に首輪をつけ、鎖に繋(つな)げ、座敷牢(ざしきろう)に閉じ込めたのだった。

2.

座敷牢での暮らしは過酷だった。

明かりとりの小さな高窓がひとつだけの暗く狭い座敷牢には、厠と枕がひとつあるだけだった。食事は一日に一汁一菜あればよいほうで、着るものも季節を問わず使い古しの襤褸であった。

食事を運ぶ世話係も、見張り番も、みな京之介を恐れ、寄りつこうとはしなかった。たとえ人の腹から生まれた子でも、彼らにとって狗神の血を引く京之介はいつ祟られるかわからない畏怖の対象でしかなかったのだ。

常に飢えて、さびしくて、心細かった。

母親に会わせてもらえるのは、月にたった一度程度だった。

母はいつも、唐渡りのおいしい菓子をくれた。いつかふたりで、陽のあたる明るい部屋で一緒に暮らそうね。母はそう言って頭を撫で、その甘い菓子を口に入れてくれた。

母の膝に座って、その甘い菓子を食べているときだけは、ゆいいつ枯れて萎んだ心が幸せで満たされた。

皆井には目的があった。京之介を敵の討伐に利用するのだ。

――言うことを聞けば母親に会わせてやる。逆らったり逃げ出したりすれば、母親の命はないと思え。

皆井はそれを条件に、京之介を戦に加勢させたり、刺客として利用した。

飢えさせ、怨念が増幅するような極限の状態に置いたほうが妖力の高まることを、皆井は知っていた。狗神とはそもそも、そうして生まれた妖だ。

京之介は、皆井からする独特の臭いが大嫌いだった。濃い墨のような、他の人間たちとは異なるその臭い。もっともそれは、嗅覚の鋭い京之介にしかわからないもので、その正体がわかったのは、ずっとあとのことだった。

京之介は母恋しさに、なんでもやった。狼の群れを率いて兵馬を襲わせたり、敵兵の喉を掻っ切ったり、村ごと殲滅させたこともある。皆井の命じるままだった。

おかげで皆井の藩士としての功績は伸び、彼は城代家老からは重用された。

京之介ははじめのうち、良心など少しも痛まなかった。狗神に変じて、背後から音を立てずに近づき、爪ひとつで脈を断つ。半妖の自分には、あまりにもたやすいことだった。

これが終われば母上に会える。きっとまた優しく胸に抱いて、甘くておいしい唐渡りのお菓子を食べさせてくれる――。いつも、そう夢見ながら息の根を断った。

母はもちろん息子がなにをやらされているのか知らない。檻に閉じ込められて過ごす我が子の手が、人の血に汚れていることなど、まったく知らされていなかった。

先に罪の深さに気づいたのは、京之介のほうだった。

攻守同盟に応じない藩士のとある家臣の暗殺を命じられたときのことだ。

——なぜ父様を殺したんだ、この化け物めェェ！

喉元を切り裂いた遺体の元を去ろうとすると、突然、自分とおなじ年恰好の男児があらわれ、金切り声で叫びながら燭台を投げつけてきた。

どこかに潜んでいて、一部始終を見ていたらしい。不意を衝かれた京之介は、燭台をまともに額に受けた。鋭い痛みとともに、額から血が流れた。

燭台の炎は畳に燃え移り、発火した。

男児は錯乱したように泣き叫びながら、書物や巻子を次々と投げつけてきた。家臣はこの子供の父親だったのだ。父を殺され、悲しみ、怒り猛っている。

その異様な剣幕が煩わしくて、京之介はその子供も始末してやろうと思った。でもできなくて、尻尾を巻いて逃げ出した。どうせ屋敷は燃え崩れて、あいつも死ぬ。馬鹿め。自業自得だ。

だが、自分だったらどうなのだ。殺されたのが自分の母親だったのなら——。

眼裏(まなうら)に、男児の射殺すようなまなざしが鮮烈に焼きついていた。

額の傷は思いがけず長く痛み、なかなか血が止まらなかった。

以来、京之介は徐々に、良心の呵責(かしゃく)に苛(さいな)まれるようになった。殺そうとすると、あの男児のまなざしが甦(よみがえ)り、吐き気がして息苦しくなる。

もうだれも殺したくない。でも母上には会いたい。会えなければさびしくて、あの座敷牢の中で死んでしまう。だから皆井の言いつけに従うしかなかった。

館に帰る前には、血に汚れた手を地中から溢れ出る湯水で洗い流すようになった。せめて母上には知られないように。本当のことを知ったら、きっと母上に嫌われてしまう。だから皮膚(ひふ)が擦り剝けてしまうくらいに必死に洗った。湯水にはいつも、涙と血が混じって流れた。

ところが、座敷牢に入れられて二度目の夏が廻る頃。

母のほうから、もう会うのはやめにしましょうと言い出した。

すべて母にばれたのだと、京之介は気づいた。

――母上は、おれのことが嫌いになったの……？

母の膝にすがりついてたずねると、

――いいえ、決してそうではないわ。

彼女は京之介の頭を優しく撫でながら言った。背負わなくてもいい罪を、かわいいあなたが負う必要はありません。もう二度と、皆井の言いなりになってはだめよ、と。

母は、息子を助けたくて会うのを拒(こば)んでいるのだった。

だが、言うことを聞かなければ、皆井は母を殺すと脅(おど)してくる。

――そのときは、母を見捨てなさい。

彼女はそう京之介に言い聞かせた。それが母との絶対の約束だと。

――会えなくても、母とあなたは心で繋がっているの。今はつらくても、いつか必ず耐えてよかったと思える日が来るわ。

そう言って母は、いつものように唐渡りの甘い菓子を口に入れ、優しくほほえんでくれたのだった。


その後、京之介は、母の言いつけ通り皆井の命令には従わなくなった。

いずれ音(ね)をあげて、ふたたび従うようになるに違いない。皆井はそう言って嗤(わら)った。

母に会えないまま、飢えと孤独にうち震える日が三月、続いた。

母のいない暮らしは、光の届かない水底に沈んでいるようだった。

愛しいと思う相手にふれたり、声が聞こえる距離にいられるのは幸せなことなのだと、痛いほどに思い知らされた。

そうして狭く暗い座敷牢暮らしに希望を見いだせず、心身ともにぼろぼろになっていたある日、牢格子の向こうに見知らぬ男があらわれた。

——小僧。おまえには、この郷の水が合わないのだな。

痩せ細り、薄汚い身なりで小さくなっていた京之介を、男は同情するような目で見下ろしていた。

——あんたはだれだ？

どうやってここまで来たのだろう。何人かの見張り番がいるはずなのに。

——私はおまえの父、岐禅だ。おまえは澪と私の子だ。私とともに黄泉の国に来い。

男はそう言って狗神に姿を変えた。自分よりもずっと猛々しく、強い妖気に満ちた肢体におののいたが、艶やかで真っ白な毛並みからは自分とおなじ匂いがした。

——母上も助けてあげて。おれが逃げ出したら、母上が殺されてしまうことになっているんだ。

岐禅は承諾し、いつもおまえが手を洗っていた自噴泉が、次の満月に温泉郷へと繋がるから、母と共にここへ来いと言ってくれた。父はずっと自分を見ていたのだろう。

京之介は音をあげたふりをして、皆井にもう一度命令に従うから、まずは母に会わせてくれとせがんだ。

気をよくした皆井は、ほんの少しだけ母に会わせてくれた。

一緒に父の郷へ逃れようと京之介が母にうちあけると、飢えと孤独に耐え忍ぶ我が子が不憫でならなかった澪は、今度こそ岐禅が差し伸べてくれた手をとるべきなのだと腹を決めた。


だがこの逃亡劇は非情な幕引きとなった。

約束の満月の夜。

澪はひそかに寝床を抜け出し、皆井の命令に従うふりをして館を出てきた京之介とひそかに落ち合った。だが、ふたりが宿坊に抜ける山路を下りはじめたその刹那。

——そなたら、どこへ行く?

怒髪天を衝いた皆井が立ちはだかった。

澪は息を呑んだ。ここへきて夫に邪魔されるとは。

澪はすぐに別の方向に逃げ出した。京之介がそれに続いた。

だが、脚力のない澪はじきに皆井に追いつかれて後ろ髪を掴まれた。

皆井の姿はみるみる見上げるほどに巨大で恐ろしい化け物に姿を変えた。

この男まで――。

澪は絶句した。岐禅だけでなく、皆井もまた異形の者だったのだ。

そして奇しくもその相手は、岐禅が討伐するはずだった入道であった。

人攫いを生業としていた入道は、攫うつもりで目をつけた藩士の美しい妾・澪を気に入ってしまい、彼女を手懐けて我が物にしようと、その夫、皆井に成り代わっていたのだ。

皆井がある日を境に突然、人が変わったようになったのは、この妖にとって変わられたからだった。澪の腹に狗神の子がいるのを見抜いたのも、京之介が人とは異なる匂いがすると感じたのもみんな――。

――さあ、狗神の子よ。行きたければ行くがよい。ただし、この母の首を斬るぞ。

入道は澪の首元に短剣の切っ先を突き立て、前方で立ちすくむ京之介を脅した。

月明かりを浴びて光る刃に、澪は震えあがった。

――そなたは行かせぬ。

入道は背後から澪に告げた。

――この七年……そなたと心を通わせんと腐心してきたにもかかわらず、そなたは決してなびかなんだ。それどころか狗神と情を通じおって……。そなたをあの憎き狗神に渡すくらいなら、ここで息の根をとめてやろうぞ。

入道の冷酷（れいこく）な低い声には怒りと憎悪が漲（みなぎ）っていた。

京之介が離れたところから悲痛な声で母上と叫ぶ。

――行きなさい、京之介。母のことはよいから。

どのみち生きてここに残ったって、ろくなことにならない。待っているのは妖になった皆井の偏執的な愛情に傷めつけられる地獄の日々だ。自分も京之介も、死ぬまでこの化け物に搾取（さくしゅ）され続けることになる。

――いやだ、母上も一緒に来るんだ。ひとりになるのはいやだよ。

京之介が泣きじゃくって拒（こば）む。

――いいえ、行くの。母との約束を思い出して。

いざというときは、母を見捨てろと。今はつらくとも、いつかきっと、耐えてよかったと思える日が来る。

だから大丈夫だと。

母はそう言ってほほえみ、入道の手ごと摑んで、刃先で力一杯、喉を突いたのだった。

3.

「俺が母上を見たのはそれが最後だ。俺は野菊の咲く獣道を泣きながら下り、たどり着いた自噴泉で待っていた父上に抱きついた。その先のことはあまり覚えていない。気づくと〈高天原〉に連れられて、丁稚として働くことになっていた」

母が言ったように、いつかこの選択が正しかったのだと思える日が来る、そう言い聞かせて、その後の日々を過ごしてきたという。

京之介は長い話を終えると、疲れたように黙り込んだ。

実際、心は疲れているだろう。どう捉えられるかわからない、重い過去をうちあけねばならなかったから。

「お母さんは、京之介さんを守ったのね……」

入道に隙を与えるために。

そうして京之介を確実に逃すためにだ。

あたし、自分の命よりも大事なものができたんだ——七緒はお腹を撫でながらそんなことを言っていた。母親とは、きっとそういうものなのだ。我が子を守るためなら、どれだけでも強くなれる。

なぜ京之介が母を思い出すときにいつも、もの寂しげで、深いまなざしになるのか。

ようやく理解できた気がした。

凜子は、となりの京之介の膝の上から、彼の手を取った。

この手は、たしかに血に汚れていた。事情がどうであれ、たくさんの人を殺めてきた。

本人がどれほど罪の意識に苛まれ、深く悔やもうとも、絶たれた命の数は変わらない。

でも――。

「京之介さんの手は、血に汚れてなんかないわ」

凜子はあえてそう言った。

京之介がこちらを見た。

「だって、小さな子が、母親の愛情を求めるのはあたりまえのことだもの」

罪は、背負わなくてもいい残酷な任務を、幼い子供に負わせていた入道にある。

京之介はただ、遠く手の届かないところにいた母に会いたかっただけ。

母と陽のあたる明るい部屋で一緒に暮らしたかっただけ。

ただそれだけのことではなかったのか。

少なくとも凜子自身は、そう言って京之介を許してあげたい。この男のそばにいて、もうつらく寂しい思いはしなくていいのだと慰めてあげたい。

対岸を眺めていた京之介が、無言のまま、そっと手を握り返してきた。

大きくてあたたかな彼の手に包まれると、胸がせつなく締めつけられた。

気づけばいつも頭のどこかで京之介のことを考えていて、いつのまにか居なくてはならない人になっていた。ふれあえば心が甘くさざめき、同時に安らかで満たされた心地にもなる。

この今も――。

凜子は京之介に抱く感情が、同情や憐(あわ)れみではなく、恋なのだと知った。

自分にも必要なこのぬくもりを、この先もずっとわかちあっていたいと思う。

夜明けが近い。

東の空が白み、光の粒子があたりに広がりはじめている。

朝陽を浴びた砂金の水脈は、きらきらと細かく光を反射し、夜とはまた異なる輝きを放っている。

「きれい……」

凜子は胸のすくような思いで、その景色を見つめる。

京之介の過去を知っても、温泉郷の眺めは美しいままだ。

「そろそろ向こう岸に戻ろうよ」

凛子は京之介と手を繋いだまま立ち上がり、ふだんの口調で誘った。

京之介が、言葉もなく凛子を見上げる。

「京之介さんは狗神の姿ね。私がその上に乗っていくから」

畳みかけるように凛子が言うので、京之介は目をみひらいた。

「だってずっと足湯してたから、足がふやけちゃって……」

凛子が湯水から足を上げて適当に言い訳すると、京之介はようやくすべてを察したようすで頷き、立ち上がった。

つまり、これが彼の問いに対する、凛子の答えなのだ。過去がどうで、まわりが何を言おうとも、自分はあなたのそばにいたいのだと――。

天月が持ち掛けてきた取引が脳裏をよぎったが、凛子はひとまずそういう気持ちになっていた。

京之介は、煙とともに狗神に姿を変えた。

馬にも乗ったことのない凛子だったが、えいっと勢いよく足を上げて、美々しい狗神の背に飛び乗った。

『凛子は、俺が怖くないのか？』

もう少し、別の反応を予想していたらしい京之介が、確かめるように訊いてくる。

「怖くないよ」

凛子は狗神の背中からの景色を眺めまわしながら、ほほえんで答えた。たった今、それがわかったところだ。

京之介の過去に対しては、これ以上、なにを言っても、うまく伝わらないような気がした。それより、凛子自身の気持ちが、悪いほうに変わっていないことが分かってもらえればそれでよかった。

凛子を乗せた京之介は、朝靄の立つ湯川を無言のまま、ゆっくりと渡りはじめる。

これが自分のためにあるかのような快適な乗り心地で、凛子は思わず首元のあたたかな被毛に顔を埋めた。

「菊の香りがする。……それに、オサキとおなじ陽だまりの匂いがするの」

これほどに優しいぬくもりを持つ人が、血を好む残酷な妖であるはずがない。

『君がこんなに懐いてくれるなら、ずっとこの姿でいようかな』

湯川を渡りながら、京之介がつぶやく。

「それだと〈高天原〉の就労規範に反するね。人型であることが最優先条件だもの」

凛子はそれだけ言うと、急に眠くなってきて目を閉じた。鼓動にしっくり馴染むおだやかな揺れが心地いい。
京之介が、喉の奥で少し笑ったような気がした。

第五章　十年前

1.

夕刻。

〈金毘羅屋〉の客間でひと眠りした凛子と京之介は、その日のうちに川の温泉区に戻った。

湯屋〈高天原〉が開店して二刻ばかりが過ぎていた。

京之介は、〈憑き物落としの湯〉を枯渇させたのは、入道の操る大鯰だということを、白峰や百々爺をはじめ、詰め所の一室に呼び出したごく一部の奉公人に告げた。

大物絡みの事件であることに一同は納得しつつ、一方で、先行き不安になったようで、いくらかざわついた。

凛子も、天月との取引についてをどうするのか、ずっと頭のどこかで思案していた。

「実は、七緒がいなくなりました」

皆が持ち場に戻ったあと、白峰が凛子と京之介に知らせに来た。

「えっ」

　突然の知らせに、凛子は面食らった。

「いなくなったって、どうして？」

「わかりません。今朝、突然、荷物をまとめてひそかに出ていったようです。部屋にはお礼の手紙が残されていました」

　手紙には、『みなさん、お世話になりました。どうか探さないでください』とだけ書かれていたという。

「そんな……」

　探さないでくださいだなんて。

「なにかあったのかな」

　凛子は七緒の手紙を見つめる。どうしていきなり出ていってしまったのだろう。〈金毘羅屋〉に発つ前は、まったくそんなそぶりは見せなかったのに。

「それはわかりません。実は居心地が悪かったとか、もしくは住処を提供してくれる相手が見つかったとかでしょうか？」

　凛子は京之介を仰いだ。

「そういえば京之介さん、このまえ足湯をしながら七緒さんとなにか話していたよね。なにか心当たりは?」

　お腹の子のことも心配で凛子が問うと、京之介は首をひねった。

「いや、とくになにも。あのときは死別した相手とのなれそめを聞いていただけだからね。どこか落ち着ける場所が見つかったのなら、それはそれでいいと思うが、探さないでというのがひっかかるな」

「本当に自分から出ていったのかな。だれかに無理やり手紙を書かされて、強引に連れ去られたとか……?」

「それは考えすぎじゃないか?」

「争った形跡などはなかったので、おそらくみずから出ていったのだと思いますが」

　そこでふと凛子は、彼女の日記〈恋ごよみ〉を借りていたことを思い出した。いつも寝る前などに少しずつ読み進めていたので、まだ読破しきれておらず、凛子の手元にある。

「私、ちょっと彼女から借りてたものを見てくる」

　凛子は〈恋ごよみ〉がどうなっているのかをたしかめるために、鈴梅(すずうめ)と共同で使っている私室に向かった。

　凛子が読むとき以外はいつも、自分用の文机(ふづくえ)の上に置いてある。七緒はそれを知っているから、もし自分から出ていったのなら持っていくはずだ。

文机を見てみると、〈恋ごよみ〉はまだそこにあった。

「忘れていったのかしら……」

彼女にとって大切なもののはずなのに、それも妙だ。

急いで出ていったのなら、うっかり忘れることもあるかもしれない。もちろん、真相がどうなのかはわからないけれど。

人間界の話で盛り上がったり、恋愛について談義したり、七緒がいると楽しかったから、繋がりかけた縁が突然途絶えてしまって、凛子はうら寂しい気持ちになった。

2.

その日、凛子は暇（いとま）をもらっていたのだが、たまたま顔馴染（かおなじ）みの上客の予約が入っていたのもあって、ふだんどおりに百々爺の手伝いをした。

湯畑を経営する鬼の頭領の奥さんで、入浴中は、湯守ついでに話し相手になってちょうだいと凛子を指名してくる珍しい客だ。

本館四階の〈月見の湯〉に菊の湯をたてて、入浴を楽しんだ彼女が帰ったあと、凛子は湯槽の縁に残った菊の花びらを掬（すく）って集めていた。

客の入りが落ち着いてくる暁七ツ（午前三時）頃のことだ。

めずらしく白峰が、貸し切り湯の浴場にやってきた。

「よく働きますね。今日は山の温泉区から戻ってお疲れでしょうから、暇を出してさしあげたはずですが」

「棗様がいらっしゃったから、お相手をさせてもらったの。……どうしたんですか、白峰さん」

凛子は湯にもまれてしおれた菊の花を籠に回収しながら問う。いつもなら白峰はまだ番台に座っている時刻のはずだが。

「棗様からおひねりを預かりました。一日遅れて申し訳ないと」

白峰が、小銭が連なったものを凛子に手渡してきた。本当なら昨日の紋日に渡されるものだ。

「ありがとうございます」

凛子はずっしりと高額なおひねりを、ありがたく袂に入れた。

「いかがでしたか？〈金毘羅屋〉は」

白峰が、話題を変えた。これが本題だったのかもしれないと凛子は気づいた。

「敷地は広く趣があって、奥座敷にふさわしい高級湯屋という印象だったわ。そうそう、きれいな砂金の川がありました」

「ああ、砂金の湯川(ゆがわ)は有名ですね」

「そこで、京之介さんとゆっくり話をしました。……みんな、それぞれに過去があって、色々抱えているものがあるんだなって……」

京之介は不安に思っていたかもしれないが、凛子としては、彼の過去が知れていっそう彼を近くに感じられるようになってよかった。

ただ、今、どうしようもない選択を迫られている。凛子は天月との取引を思い出し、溜め息をついた。

凛子としての答えは出ていた。京之介のそばにいてあげたい。だから、この温泉郷を去るという選択はない。

ただ、その場合、湯屋が湯攻めになってしまうのだ――。

「天月様とお会いになったそうで」

白峰が見抜いたかのように、水を向けてきた。

「京之介さんから聞いたのね?」

「ええ。〈憑き物落としの湯〉の枯渇事件が入道絡みとなれば、彼の存在も浮上するだろうと予想がつきましたから」

白峰から京之介にたずねたら、話してくれたのだという。

「……白峰さんも、天月のことはよく知っているのよね？」

白峰は二代目の頃からここに仕えている古株だ。

「ええ。存じ上げています。幼い頃からお側にお仕えしてきましたので」

「側仕えだったんだ……」

「もとは彼がこの湯屋を継ぐはずでしたからね」

湯屋の主として必要な知識を教示しつつ、お世話係のようなことをしていたのだという。

「でも、跡継ぎが途中から京之介さんに変わったから、仕える主も代わったのね？」

凛子は深く考えず、なんとなく口にした問いだったが、饒舌な白峰が、めずらしく沈黙した。

「白峰さん……？」

彼はそのまま欄干のほうに行き、無表情のまま温泉郷を見下ろす。

凛子が白峰のとなりに行って、その顔を仰ぐと、

「旦那様を受け入れるには、少々時間がかかりました」

いくらか翳りのある表情で白峰は答えた。

「先代に連れられて旦那様がこの湯屋に来た当初は、皆、あの方を他所者扱いしていまし

た。先代が気まぐれに外に作った子でしたし、下等な人間の血などが流れた半妖などに、この〈高天原〉の主が務まるわけがないと考え、半妖というだけで、排除しようとする者もいた、その筆頭がこの私です」

「えっ」

凛子はぎょっとした。今は完璧に忠実なる僕なのに。

「……でもまあ、なんとなく想像つくわ。私のときもそうだったものね」

凛子は苦笑した。手厳しい言葉を、今以上に容赦なく浴びせられたものだ。

「あなたの時のように手ぬるいものではありません。先代に、ゆくゆくはあの方を跡継ぎにする腹積もりがあることを悟っていた私は、徹底的に反対し、天月様を支持しました。純潔にこだわるあまり、大切なことを見極められないでいた。愚かなことです」

めずらしく声音に悔恨を滲ませて、彼は続けた。

「私は、旦那様を追いつめるため、数えきれないほどの試練を与えました」

「たとえばどんな？」

「今となっては私にとって黒歴史なので委細は語りませんが……、あの手、この手を使って完膚なきまでに叩きのめしました。まあ下手をすれば湯屋が傾くような嫌がらせも」

「…………」

凛子はぞくりとした。毒舌の白峰節どころではなく、それ以外にもいろいろ仕掛けたということだ。

「ところが旦那様は、そのどれもそつなく捌き、誠意を以て丸くおさめられた。そのたびに奉公人たちの心をつかんでいきました。成長するにつれて体も大きくなり、天月様をはるかに凌ぐ妖力を見せつけて私に舌を巻かせた。人間の郷で、入道のつらい仕打ちに耐えてきた旦那様にしてみれば、我々の嫌がらせなどは痛くも痒くもなかったのでしょう」

薪拾いから始めたはずが、いつのまにか詰め所で采配を振るうようになっていたという。

その後、先代が京之介を正式に跡取りにすると公言すると、ほどなく天月が湯屋を出ていったのだという。

京之介の年齢は人間だと二十二歳くらいで、二つ年下の天月が湯屋を出たのは京之介が十六歳のとき。その後、先代が亡くなり、京之介が湯屋を継いだのは十八歳のときだそうだ。実際には今から何十年も前の話になる。

「じゃあ、十年前、京之介さんが入道に呪詛されたときにはもう、天月はこの湯屋にはいなかったのね？」

「ええ。そうです」

「やっぱり天月は、あの呪詛に加担していたんじゃ……？」

このまえ白峰は言っていた。

あれは先代が遺した負の遺産であると。

「いいえ、首謀者は間違いなく入道です」

白峰はきっぱりと言った。

「十年前の春、それまで温泉番付で常に横綱だった〈八泉閣〉という湯屋をおさえ、〈高天原〉が横綱に輝きました。老舗とはいえ、それまで横綱になったことはなかったので初の快挙です。しかし、格下になったその〈八泉閣〉というのが、実は入道が大昔から世話になり、贔屓にしていた湯屋でした。そのため、下火になっていた入道の恨みがそこで再燃してしまったのです。……やつは〈高天原〉の勢力を削ぐために、寿命を奪う呪詛を旦那様にかけるよう手下に命じました」

夜、湯荒らしと見せかけて押しかけてきた入道一派に、〈高天原〉は襲われた。

――新たに横綱に輝いた湯屋のもてなしはいかほどのものか。

と、女湯で客や湯女たちに狼藉をはたらき、荒らしまわったという。

「その日、入道は偶然を装い、呑気に四階の貸し切り湯で湯あみをしていました」

「お客として？」

凛子は耳を疑った。

「そうです。いつも自分の手は汚さず、高みの見物をする妖ですから。上客として訪れ、いろいろな湯屋を敵情視察するのは日常茶飯です」

「そんな……、入道は、先代に毒刃を浴びせ、母を死に追い立てた憎い相手でしょう？」

その頃には、天月だって出奔させている。

そんな相手を客として迎えるなんて考えられない。

「先代と入道との諍いはあくまで水面下の話です。真相を知る者はごく限られた一部の者のみ。罪状を持たず、湯銭もきちんと払うまっとうな妖を、こちらも正面切って断ることはできない。予約が入れば大事な客としてもてなすだけです。……ですが旦那様もこの日ばかりは見過ごすことができなかった。女たちが、湯水とともに穢されたのです。黒幕が入道だとわかっていたから、長年の因縁を断つために、入道のいるこの貸し切り湯に単身で乗り込みました。だが、奴の思う壺だった」

入道は浴場に、ひそかに複数の手下を潜ませていた。死闘の末、弱った京之介を捕らえさせ、万が一、仕損じたときのために備えて寿命を奪う呪詛をかけさせた。

そしてその挙句、獣妖が嫌う薬湯に改悪しておいた中庭の〈玉響の湯〉に沈め、息の根を止めようとしたのだ。

「ところが偶然にもその日、その時刻が、十年に一度、〈玉響の湯〉が人間の郷に通じるときだったおかげで、ひとまず死は免れたのです。……そこから先は、お凛殿、あなたもご存知の通りです」

母と奥出雲で山歩きをしていた凛子が、呪糸で縛られ、深手を負った京之介を見つけ、なにも知らないまま助けたのだ。

「当時の〈高天原〉の騒動は、かわら版では『東の横綱、湯荒らしの被害甚大』として皆の知るところとなりました。もちろんこのときも、入道が黒幕とは報じられていません。彼は、表向きは湯荒らしの巻き添えを食らった憐れな上客でしかありませんでした。のちに旦那様が人間の娘に助けられて奇跡的に生還したことを知ったときは、さぞ口惜しかったでしょうが……」

凛子は十年前のことを思い出した。

いまでもありありと脳裏に蘇る、複雑に巻き付いた緋色の組紐。

傷つき、血に染まった毛並み。

凛子が解かなければ、その日のうちにこときれていたと京之介は言っていた。

あれは、湯屋の客や奉公人を守るため。

父と母の仇をとるために犠牲になった証だったのだ。

「この〈月見の湯〉が吹き抜け構造になっているのは、当時、入道と争ったときの名残なんですよ」

白峰が浴場をふり返り、あたりをぐるりと見渡して言った。

「そうなの？」

たしかに本館のこの四階の一部だけ、壁が抜かれて親柱のみで成り立っている。

「てっきり、景色がよく見渡せるよう、こういう造りになっているのだとばかり思ってたわ」

「元通りに壁を入れて補修しなかったのは、旦那様自身が、二度と私情に駆られて愚かな行動をとらぬよう、自らへの戒めとしたためです」

湯屋の損害も顧みずに、完全に入道の挑発に乗ってしまった形で、冷静に対処すれば、あのような惨劇にはならなかったのではと。

「京之介さんは自分に厳しすぎるわ」

湯屋を守るために、だれよりも、自分が一番、犠牲になっているというのに――。

凜子がなにか息苦しいような気持ちになっていると、そこへ、

「なにをめずらしく話し込んでいるんだい？」

からりと引き戸があいて、浴場に京之介が入ってきた。

凜子は話題が話題だけに、どきりとした。

「少し、昔の話を」

白峰もまずいと思ったのか、あえて端的に答えた。

「余計なことを話すと減俸にするよ？」

うっすらと笑って責められるので、白峰は咳払いをひとつして話題を変えた。

「ところで、いかがされたのですか？」

二階座敷で接客をしているはずだが、終わったのだろうか。

「ああ、次の紋日に、渦中の相手から予約が入った。面倒が起きるのが必至の大物客だ」

曖昧な言い方だが、凛子はぴんときた。おそらく入道一味だ。天月と交わした取引の答えを聞くために——。

「そろそろ来るだろうとは思っていましたが」

白峰も、言わずとも相手の名をわかっているようだ。

「嫌ね……」

凛子はあえて会話には入らず、ひとり浴場の掃除にとりかかった。へたに首を突っ込むと、ぼろが出そうだ。

「どうされますか。今なら先約があると言ってお断りすることも可能です」

深刻な面持ちで彼が問う。

「受け入れよう。行儀がいいうちに相手をしておいたほうがいい。それに今度こそ、天月にも会えるだろうから」

ひと目だけでもいいから、元気な姿を目にしたい。それは天月がここを出たときからずっと願い続けていることだ。

「収拾のつかぬことにならなければよいのですが」

相手は容赦のない悪党である。

凜子は天月との理不尽な取引を思い出し、鉛を飲み込まされたような心地になった。

3.

その日、凜子は、やはり疲れを覚えてひとり休憩に入った。

京之介が中庭にある庵の茶室で寛ぐといいと勧めてくれたので、七緒が忘れていった〈恋ごよみ〉を読みながら横になっていた。

他人の恋模様というのはなかなかおもしろくて、いつも寝る前などに読み進めているのだが、この日は、頭のどこかで天月との取引のことを考えてしまい、ほとんど集中できなかった。

〈離縁の杯〉を飲んで離縁を成立させ、人間界に帰るか。

それとも、このまま温泉郷に残るのか――。

「どちらも選ばずに済む方法を考えなくちゃ……」

凛子は頭を悩ませていた。

自分にとっての答えは、もうすでにはっきり出ている。

〈離縁の杯〉は飲まず、温泉郷に残るのだ。

夏頃から、ここにいるのを悪くないと思うようになっていた。

それは自分を受け入れてくれるみんながいるからだ。薬材や温泉の知識を伝授してくれる百々爺。仕事を与えてくれる白峰、くだらないお喋り（しゃべ）りや笑い話につきあってくれる鈴梅や猫娘、出掛け先から戻れば気さくに「おかえりなさい」と声をかけてくれる奉公人たち。

その妖たちとの関係を、失いたくない。ここでの半年余りの時間と経験を失いたくないのだ。

なにより、君が必要なのだと手を差し伸べてくれる京之介のそばにいてあげたい。

砂金の流れる川辺で彼の過去を知ってから、強くそう思うようになった。

これまではずっと根無し草のように生きてきて、居場所が見つけられないでいた。

でもあのとき、彼のとなりこそが自分の居場所なのだとはっきりと感じられたのだ。もしかしたら、母と暮らしていた頃のように、家族をもてるのかもしれないと。

その希望が、凛子の胸をあたたかくさせた。

凛子もまた、自分を必要としてくれる彼の存在が愛おしいのだ。母を失くして以来、そんなふうに、心からだれかに必要とされたことなんてなかったから。

ただ――。

〈高天原〉を湯攻めにさせるわけにはいかない。

正直、迷いもあった。もしも自分がおとなしく人間界に帰れば、枯渇した湯脈は元通りになり、宿敵・入道たちからは二度と邪魔されなくなる。この選択で、〈高天原〉は彼らとの禍根を断つことができるのだ。

でも、

「〈離縁の杯〉は〈成婚の杯〉と繋がっていて、夫婦間で飲むと、婚姻生活や相手にかかわる記憶が確実に消えてなくなるのだと言ってた……」

ここでの思い出をなにもかも失うのだと思うと、胸がつまったように苦しい。

自分が京之介を忘れるのも、京之介に自分を忘れられてしまうのも――。

どちらも嫌なのだ。だから、なんとか天月との取引を破棄し、湯屋を救うための打開策を見つけ出さねばならない。

そう思っているのだが、

「うーん、頭が回らない……」

〈金毘羅屋〉に行って帰ってきてから、いろいろありすぎて疲れているみたいだ。

入道からの予約がいつ入るのかわからないので気は焦るが、ひとまずゆっくり休んでから考えたほうがいい。

慣れない茶室では寛ぐこともできないので、凜子はやはり宿舎の私室に戻ってひと眠りすることにした。

ところが、まだ営業時間中でしんと静まり返ったその宿舎の私室に戻ったところで、彼女は思わぬ相手とでくわしたのだった。

第六章　約束の日

1.

天月は、木組みの露台に寝転がり、捻り潰されたかわら版をきれいに広げて眺めていた。

ここは入道の根城である、谷の温泉区にある、とある湯屋だ。三階の露台は、谷を渡る風が吹き込んで心地よく、昼寝には最適の場所だ。真っ昼間なので客はいない。

かわら版は、ついこのまえ出回ったものだ。見出しは『湯屋〈高天原〉の女将、ご懐妊』。墨絵で、めでたそうに笑うふたりの姿まで描かれている。

〈高天原〉に関するネタが載ると、例外なく入道が怒って捻り潰す。〈高天原〉に限らず、朗報はたいがい捻り潰して捨てられる。

「約束の紋日まで、あと三日だ」

入道が徳利を片手にやってきて、話しかけてきた。つるりとした坊主頭に髭を蓄えた老爺だ。いつもは寝ている時刻だが、どこかの小悪党と取引でもあったのだろう。

「そうだな」

天月はかわら版をくしゃりと丸めて露台から外に捨てた。ゴミとなったかわら版は、どこかのごろつきがまた拾うだろう。

「なぜ、あのような小賢しい取引など持ち掛けたのだ。そろそろ一気に湯攻めにして終わらせてもかまわないのだがな？」

入道があぐらをかいて、畳の上に座る。悪名高い妖だが、ふだんはかつてあったという堅気時代を忍ばせる頼れる親父風情で、腹を割って話したことも多い。

だが今は――。

「いつもの嫌がらせだよ。いままでさんざんいたぶってきて、それじゃあ面白くないじゃないか」

天月は露台に寝転んだまま、眠そうに目を閉じて答える。

嘘だった。本当は、理由は別にあったが、入道に教えてやる気はなかった。


――私と共に来ぬか？

十五歳の年の暮れ。雪の降る温泉街の端で、喀血してうずくまっていた自分に入道が声をかけてきた。

当時、なにもかもが面白くなかった。

父が人間の郷から連れてきた半妖の兄は、人間の腹から生まれたというのに、幼い頃からなにをしても自分より優れていた。

一方、自分は、成長するにつれて病状が顕著になってゆく。

噂が流れた。どうやら跡継ぎは半妖の兄のほうらしい。持病のある天月様では主は務まらないから仕方がない。気の毒なことだ。

みなが同情するような目で自分を見る。腫れ物を扱うように接してくる。それが耐えがたかった。

共に湯屋を切り盛りしてゆこうと手を差し伸べてくる善良な兄もひどく煩わしかった。父の話が本当なら、凄絶な過去を背負っているはずだが、幼い頃からそれを一切、表に出さなかった。その強さが羨ましく、そして妬ましかった。

大好きだったはずの兄は、いつのまにか憎しみの対象になっていき、父が跡目をだれにするのかを正式に公言し、自分ではなく兄を選んだのだとわかったとき、決定的になにかが壊れた。

そんなとき、入道が近づいてきたのだ。

——私と共に来ぬか？　この湯屋を出て、もっと面白いものを見せてやろう。父はもはやそなたにはなんの執着もないのだ。あやつはそういう男だ。私のことも、そうして温泉組合から追放しおった。

入道の悪業を見かねて、湯屋組合追放を提唱したのは父だった。加えて意中の女を寝取られているから、恨むのも無理はないかもしれない。

自分を手懐け、利用するつもりなのだろう。わかっていたが、自分自身がこの湯屋から連れ出してくれるだれかの手を必要としていた。それが、たとえ父を死の淵に追いやった相手だったとしてもだ。

——いずれ、そなたを選ばなかった父に復讐してやろうぞ。

そんな気概が自分にあったのかどうかはわからないまま、息巻いてけしかけてくる入道の手を取って、あの湯屋を出た。

入道は、金は唸るほど持っているし、人脈もある。一味の中に自分を連れ込み、高級料理、女、温泉三昧の豪遊生活を味わわせ、よき右腕として扱ってくれた。

人攫い、高利貸し、身売り、湯荒らし、そういった悪業の限りを尽くし、ときおり温泉郷に波風を立てるのが入道の楽しみだ。

その悪党ぶりは痛快で、一緒になって騒動を起こすと、鬱屈した感情がいつも晴れる気がしていた。表舞台から弾かれた者同士の、奇妙な連帯感も生まれていた。

悪事の提案をするのはいつも入道だ。

入道の岐禅への恨みは根が深く、いずれは〈高天原〉の転覆ももくろんでいるのだろうと漠然と思っていた。

だが、それでいいと思った。自分の中のどす黒いものが、彼の腐れた行いによって昇華される錯覚を抱いていたのだ。だんだん罪の感覚が麻痺していくのも心地よかった。

湯屋を出てほどなく、兄が、自分を探しているらしいことを人づてに聞いた。〈裏道図〉を取り扱う土蜘蛛から洩れてくる情報だ。はじめは兄から逃げるためにその情報を得ていたが、いつのまにかその便りを聞くのが楽しみになっていた。兄が必死に自分を探す姿を入道と嘲笑いながら、一方で、ぬるま湯につかるような安堵をおぼえていた。

父が死んだことをかわら版で知ると、入道とつるんでいる自分に疑問を抱くようになった。

そして入道が兄を呪詛した十年前から、入道とは反りが合わなくなった。麻痺していた罪の意識が、よみがえったのだろう。

——なぜ、兄上に呪いなどかけたんだ。

天月は入道を責めた。そんな話は聞いていない。

——おうおう、なにを怒るのだ天月。あれなら、持病のあるそなたよりも兄のほうが先に死ぬであろう？

——俺は兄上の死など望んではいない。おまえが勝手にやったことだ、入道！

——何を言う、すべてそなたが望んだことだ。〈高天原〉の崩壊も、三代目の命運も。いまさらここを出てどうする、天月？　〈高天原〉に戻るのか？　三代目は我らを憎んでいる。どのみちあの湯屋にそなたの居場所などない。そなたは我々と共に谷底の汚泥の中を這いまわって生きるしかないのだぞ。

入道に笑われて、目が覚めた。

兄はたしかに自分を恨んでいるだろう。自分を探しているのは今や、呪詛の報復をするためかもしれない。

だが、もう遅い。帰りたくても、あの湯屋に自分の居場所はない。兄の寿命も戻らない。すべて後の祭りだ。このまま突き進むしかない。

狗神の婚礼のかわら版が出回ると、入道はいつもより念入りに、それを捻り潰して捨てた。彼の注意がふたたび〈高天原〉に向きだしたのがわかった。

——嫁を殺すか。あれが三代目の弱点だ。

入道が言った。

狗神の繁栄が妬ましくて耐えられなくなったのだろう。

愛しい女も、湯屋の繁栄も、跡取りも、なにもかも手に入れていた岐禅が。その息子がまた、さらにめでたい縁を得たことが――。

反魂の湯に、兄がみずから救出にあらわれたとき、どうやら嫁が兄の弱点らしいことを自分でも見極めた。そういえば兄は、あの娘を娶ってからあまり自分を探しに来なくなった。


このまま罪をかさねるのか、手を引くべきなのか。

自分でも腹を決められないまま、また刻が流れた。

――天月よ、なぜ邪魔をしたのだ。夜道怪がお縄になるぞ。

氷室から兄の嫁を助け出したとき、入道が落胆したような声音で責めてきた。

――生かしておいたほうが面白くなりそうだろう?

そう言い訳をした。実際、どうして助けたのか、わからなかった。ひとつはっきりしているのは、あの嫁が死んだら、兄が悲しむということだけだ。

水琴鈴は、すでに入道が目をつけていたから、かえって危険だと踏んでとりあげた。

そして女将ご懐妊の報せが出回り、ふたたび入道が苛立ち、動き出すと、あの嫁に〈離縁の杯〉を飲ませて温泉郷から追い出そうと思いたった。

兄に弱点があってはならないからだ。

兄を悲しませずにあの嫁を始末する手段はそれしかない。

「あの嫁はどちらを選ぶのだろうな?」

こちらの腹には気づいていない入道が、徳利を傾けながらのんびりと訊いてくる。

「さあ」

階段から突き落とし、恐ろしい思いをさせてやったし、兄の後ろ暗い過去もほのめかして脅してやったから、もうここに残る選択はしまい。

〈離縁の杯〉を飲み、記憶を失って人間の郷に帰ってしまえばいい。

そうしたら兄も嫁に関する記憶をすべて失って、弱みはなくなるし、きっとまた自分を探しに来てくれるのにちがいない。

あの取引は、そのために持ち掛けたのだ。

2.

約束の紋日（もんび）の日。

この日、凛子は、ふだんの奉公人のお仕着せとは異なり、吉祥文様が型染めされた浅蘇芳色の袷に、銀刺繍の施された黒い帯を締めた。女将らしく控え目だが、ひそかに華やかさもたたえた小粋ないでたちだ。京之介の仇敵を相手に、自分なりの覚悟を表しているつもりだった。

理不尽な選択を強いられたが、それにふりまわされるつもりはない。

勝ち目はある。だれにも打ち明けてはいないが、いざというときの切り札がひそかに得られたからだ。

時刻になると、坊主頭の入道が、数人の取り巻きとともに湯屋〈高天原〉にやって来た。

「いらっしゃいませ、入道殿」

番台に座る白峰が、ふだん、贔屓の上客を迎えるときとおなじように名指しで挨拶をした。決して贔屓の客などではないのだが。

鈴梅と客を待っていた凛子は、京之介に寿命を奪う呪詛をかけたその悪漢の姿をはじめて目の当たりにした。

でっぷりと肥えた体に黒い直綴を纏い、五条袈裟をかけた僧侶風情である。上背もかなりあり、ふたつの眼はぎょろりと大きく、鼻の下には髭をたくわえた、いかにも強欲で面の皮の厚そうな印象だった。

入道は温泉郷内で起きた数々の事件にかかわっているが、直接手を下しているわけではなく、表向きはなんの証拠も残っていない。世間の印象も、かつて温泉組合を追放された黒い噂のある大物といった程度で、ふだんは大手をふって街を歩いているという。

取り巻きには鬼や妖狐の類がいた。ごろつきのような野卑で品のない風体ではなく、みな人型をとってそれなりに礼節が保たれている印象で、一見して悪事に手を染めている輩には見えない。

入道のとなりに、天月がいた。奉公人たちに顔を見せる気はないようで、狐のお面をつけている。合わせる顔がないからだろうか。いや、あの傲岸不遜な男にそういう意識はなさそうだと凛子は思い直した。

彼が、ちらとこちらを見た。お面越しに、目が合った気がした。

宴の支度は、三階の宴会用の大広間〈有頂天の間〉になされている。

一行がそこに向かう道中、なにも知らない奉公人たちがうやうやしく頭を下げる。

奉公人たちの中で、十年前の〈高天原〉襲撃や、京之介の呪詛の首謀者が入道であることを知る者は白峰と百爺のふたりだけだ。そして天月がその入道とつるんでいることも、あくまで一部の妖が知るだけの噂にすぎない。

「いよいよね」

中庭の大湯で入浴を済ませた一行が〈有頂天の間〉に案内されてくると、廊下で待っていた凛子は、猫娘の紗良と目くばせしあって襖を開けた。

だだっ広い座敷には、上客用の酒肴が用意された黒塗りのお膳が十数人分、並んでいた。

下座には、もてなし役である京之介の席と、入道側の希望で凛子の席も設けられている。

「いらっしゃいませ。ようこそ〈高天原〉へ」

お座敷の決まりで、凛子ときれいどころの猫娘ふたりが広間の下に並び、膝をついて頭を下げながら挨拶をする。そこに京之介もやってきた。

「ようこそ〈高天原〉へ」

京之介も入口付近で端座し、入道らに向かって慇懃に頭を下げてから下座につく。

折り目正しい美しい所作には客でなくとも見惚れてしまうが、この顔合わせが、彼らの過去を知りたての凛子にはあまりにも滑稽で、素知らぬ顔で上座に座して「いい湯であった」などと返している入道の存在が信じられなかった。

当事者たちも決して穏やかではなく、双方がお互い腹に一物もった状態だ。

そうして見えない壁に阻(はば)まれたまま、宴ははじまった。

「〈高天原〉はしばらくぶりだ。そちが人間の娘だという女将か。白椿(しろつばき)のごとき、無垢(むく)で麗(うるわ)しい女子(おなご)であるな」

上座に座していた入道が、凛子を見やって褒めちぎる。

凛子のことはすでに闇の湯屋で見たはずなのに、あたかも初見のような物言いが実に白々しい。

「八方塞(ふさ)がりの窮地(きゅうち)を救ってくれる、よき細君です」

京之介が淡く笑みながら返す。入道にとっては嫌みととれないこともない。

「うむ。羨(うらや)ましい限りだ。まこと人間の娘には弱いわ」

入道が自虐(じぎゃく)的な笑みをはいて返す。

明らかに、京之介の母、澪(みお)のことをほのめかしている。

よくもいけしゃあしゃあとこんなことを言えたものだ。凛子は入道のふるまいがいちいち腹立たしくて、思わず膳をひっくり返してやりたくなった。

だが、その手の失態こそが、彼らの喜びの糧(かて)となるのだと思うと、怒りも抑えざるを得ない。

京之介はもちろん、顔色ひとつ変えなかった。

「そろそろ顔を見せてやってはどうだ」

入道が早々に足を崩してあぐらをかき、酒壺(さかつぼ)に手を伸ばしながら狐のお面の男に言う。

猫娘たちが客に酒を注ぐために立ち上がるのを尻目に、男は、お面を外した。

猫娘のふたりが、はたとその顔を見た。

あらわれたのは、京之介によく似たすっきりと整った美貌(びぼう)。やはり天月だ。

「ただいま、兄上」

天月は京之介に向かって、にこやかに挨拶を返した。

京之介はわかっていたようで、驚きひとつ見せない。

「ひさしぶりだな。元気そうでなによりだ」

彼は客に対応するときの、いつものおだやかな口調で返した。互いにわだかまる感情は差し置いて、まずはこれが彼にかけたい正直な言葉なのだろうと凜子は思った。

「何年ぶりだろうな、兄上に会うのは。ここを出たきり、全然帰らなくて悪かったよ」

天月は、口先では詫(わ)びるふうに言う。実際、ひさしぶりでもなんでもない。ずっと〈高天原〉のことは近くて遠いどこかから盗み見ていたくせに。

彼は持参していた風呂敷包みを解きながら、奇妙なまでに明るい表情で続けた。

「心配させたお詫びに、兄上にいい酒を持ってきたんだ」

膳の前にどんと置かれたのは五合酒壺だ。

きたな、と凜子は思った。

「龍の谷の臥龍梅（がりゅうばい）の実を醸（かも）した酒だよ。ふたりのために、苦労して手に入れたんだ。ぜひ、夫婦で仲良く味わってくれよ」

龍が臥（ふ）したような見事な枝振りの梅を臥龍梅という。

「長寿の秘薬とされて、酒屋では買えぬ稀少（きしょう）な酒だそうだが、三代目はご存知か？」

入道がどことなく含みのある笑みを浮かべて割り込んでくる。寿命を奪っておきながら、嫌みな。

「いや、はじめてだ。龍の谷に生えているとなれば、さぞご利益があるだろう。ありがたく頂戴（ちょうだい）しよう」

京之介が、お愛想程度の笑みをはいて返す。

「義姉上（あねうえ）」

天月が、案（あん）の定（じょう）、凜子に声をかけてきた。

「まずは一献。義姉上が、兄上に注いでやってくれないか」

そこで凜子は、酒壺の中身が実は〈離縁の杯〉に使われる酒で、取引の答えを訊かれているのだと確信した。

「わかりました」

凛子はしかと頷き、天月のもとへ酒壺をとりに行く。

凛子に与えられた選択肢はふたつ。湯屋を守るために、今、この〈離縁の杯〉を飲み、縁を断って人間界へ帰るか、それとも、飲まずにここに残るか。

酒壺を手にすると、天月がかすかに口の端をゆがめて笑った。どちらに転んでも、彼はいい思いをすることになる。事が思い通りに運んで、さぞ気分がいいだろう。

凛子は酒壺を抱え、下座で待つ京之介の前に向かう。

入道をはじめ、一同の視線が凛子の手元一点に集中する。妖たちからの好奇の視線にはずいぶん慣れたが、今夜は格段に不快だ。足を踏み外し、奈落に堕ちるのを今か今かと待たれているような感じ。

凛子が京之介の前で膝を折ると、彼が一献盃を手にした。

凛子は緊張したまま、酒壺の栓を抜き、京之介の盃に酒を注ぐ。

酒は淡い琥珀色で、ほのかに果実酒らしい甘い香りが漂う。

なにも知らぬ京之介は、入道と天月に盃を掲げて礼を示したあと、無言で一気にそれを呷った。

凛子をはじめ、その場に居合わせた全員が、京之介がたしかにそれを飲み下したのを見届けた。

「どうだ？」

入道が、笑いを堪えたような顔で訊いてくる。

「美味だ。辛口ですっきりとしている」

いつもの涼しい顔で京之介が答える。酒を飲んで上客を接待するのが彼の仕事だから、酒には慣れている。だが、この酒は——。

「次は兄上が義姉上に注いであげてよ」

天月がすかさず命じてきた。

凛子はどきりとした。やはり、そうなのだ。これは間違いなく〈離縁の杯〉のための酒だ。

ここで京之介が注いでくれたのを凛子が飲めば離縁は成立し、二代に渡って続いた入道との因縁も断つことができて湯屋は守られる。けれども同時に、凛子と京之介の、ひいてはこの温泉郷との縁を断たれることにもなる。

だが、拒んだらさらに茨の道だ。〈高天原〉は湯攻めにされ、多大な損害を被った挙句に、横綱の湯屋としての威信を確実に失い、その後も入道との確執は続くだろう。

天月としては、凛子が酒を飲み、尻尾を巻いて人間界に帰るのを期待しているはずだ。

だが、切り札を得た今となっては、凛子がこの理不尽な取引に応じる必要はない。

「さあ、早く、義姉上」

なにも知らない天月が、期待に満ちた目をして先を促す。

凛子が酒を拒む覚悟を決め、彼を説得するために口をひらきかけたところで、ふいに京之介が酒壺と一献杯を持って立ち上がった。

一同の視線が、ざっと彼に集中した。

凛子もはたと京之介を仰ぐ。

「京之介さん……?」

京之介は凛子には目もくれず、酒壺を傾け、みずからの盃に酒を注いだ。

そして彼は、けげんそうに見守る入道一味の前で、実に堂々とそれを呷ってみせた。

今回は手酌の一杯である。

次いで、彼は予想外の行動に出た。

「おまえが飲め、天月」

その酒を、凛子ではなく弟に勧めたのだ。

「なに……?」

天月は、目の前にやってきた兄になみなみと酒の注がれた盃を突きつけられ、眉をひそめた。

「おまえも持病に苦しむ身だ。長寿の秘薬なら飲みたいだろう？　遠慮せずにさあ、飲め」

京之介は刺のある笑みをはいて勧める。

「き、京之介さん……？」

凛子はうろたえた。まさか、こんな展開になるとは。

入道の眉間にも、甚だしく縦皺が寄った。

「天月はそなたら夫婦に献上したのだぞ。ふたりが飲めばよいわ」

「けっこう」

京之介は入道の勧めを一蹴した。

「これほどまでに美味な酒は、皆で分かち合って飲むべきだ。手に入りにくい稀少な酒ならなおさら。……それとも、兄の勧める酒は飲めないか、天月？」

鋭く問われ、天月は差し出された盃に視線を落とした。

淡い琥珀色の酒をじっと見つめ、しかしその正体を知っているからか、彼は飲もうとしない。

すると京之介が冷淡に告げた。

「これは臥龍梅の酒ではなく、〈離縁の杯〉に使われる酒だ」

一同に動揺が走った。

「そうだな、天月?」

めずらしく怒りを孕んだ冷たい声音に、凛子はぞくりとした。これまでは、天月の行為に関して怒りを見せたことはなかったけれど、兄として情けをかけていたわけではなかったようだ。

「なぜ、そう思う?」

ようやく天月が口をひらいた。こちらの声音もずいぶん硬くなった。

「この状況なら、馬鹿でも気づく」

京之介が鼻で笑うと、天月の目が、ぎろりと凛子の方に向いた。

「おまえ、喋ったな?」

怒気に満ちた、射殺すようなまなざしには一瞬怯んだが、

「喋ってないわ」

凛子は胸を張って正直に答えた。

「口止めしたはずだったよなァ」

天月が聞く耳をもたず、立ち上がった。

「だから喋ってないと言っているでしょうが」

凛子は言うが、天月は忌々しげにこちらを睨みおろしてきた。

「おまえがおとなしく酒を飲んで消えれば済む話なのに、なにいつまでも邪魔してんだよ。つまり答えは、ここに居座るってことなんだな？　だとしたら、おまえは自分のことしか考えていない女将失格の身勝手な女ってことだなァ、義姉さん」

「なんの話だ？」

取引を知らない京之介が訊きとがめる。

「身勝手なのはあなたも同じでしょう。勝手に湯屋を出ていって、みんなを心配させて」

凛子もじっと天月を睨み返す。

「そいつは父上が悪い。わざわざ人間の郷から連れてきた半妖を跡目にして、俺をお払い箱にした。強いやつが頭になるのは当然なんだから仕方ないけどな？　いまとなってはどうでもよさそうな顔で天月は笑う。

「ちがう、天月。そうじゃない」

冷静な京之介の声が割って入った。

「なにがだよ」

天月がじろりと兄を睨(ね)めつける。

「父上が湯屋を俺に継がせたのは、俺が強かったせいじゃない。おまえを守りたかったからだ」

凛子は「そうなの？」と京之介を仰(あお)ぐ。天月に対して特別な思いがあるのだとは言っていたが。

京之介は天月を見つめたまま、続けた。

「湯屋の主は、なにかと狙われやすい。羽振りが良くなればなるほど敵も増えて、常に四方に気を張っていなければならない。父上はそういう重責からおまえを逃してやりたくて、わざわざ俺を人間の郷に探しに来たんだ。俺は父上が自分を助けに来てくれたのだとうれしかったが、父の目的は俺を救うことだけでなく、本妻との子であるおまえを守ることにもあったんだよ」

おまえがこの湯屋を継いで、弟を守ってやってくれと。

父が弱り、湯屋組合の会合に出られなくなる頃、そう告げられたのだという。

「おまえは父上の真意も知らず、そこの入道にそそのかされて湯屋を出ていってしまったが、父上はずっとおまえの行方(ゆくえ)を気にしていた。必ず探し出して、支えてやってくれと」

「…………」

天月はほんの数拍のあいだ口をつぐんだ。

しかし、

「ははっ、それじゃ、兄上が俺を探し続けたのは父上の命令だったからってことだな？」

皮肉めいた顔で笑う。

凛子は黙っていられなくなった。

「なんでそうなるのよ、あんたは。もっと素直にみんなの気持ちを受け入れたらどうなの」

本当は真心をわかっているくせに、きっと曲解するふりをして逆らっているだけなのだ、この万年反抗期は。

すると、

「人間の小娘ごときがガタガタ抜かしてんじゃねェェよォ！」

怒り心頭に発した天月が、お膳を足で蹴り飛ばし、空気を揺るがして狗神の姿に変じた。

空気が密度を上げてびりびりと張りつめ、障子戸がかたかたと音を立てて小刻みに震えだす。

殺気立った獰猛なまなざし。天月の怒りの矛先は、あきらかに凛子に向いている。

以前話したときも感じたが、天月はやはり京之介のことを慕っているのだ。自分が越えられない絶対の存在である兄を憎み、恨み、妬み、けれども兄として慕わずにはいられない。

　その京之介の関心を奪った凛子のことがおもしろくないから、捻り潰してやりたいのだろう。

　天月が、ほかの膳や妖たちをも蹴散らし、急所たる首根を嚙みちぎらんとして、凛子の上に飛びかかってきた。

　凛子がうしろに退きそこなって尻餅をついた、その刹那、

「天月……っ」

　京之介が双方の間に立ちはだかった。

「離縁の酒を飲め、天月。おまえは俺のことが気に食わないのだろう。おまえの望み通り、ここで兄弟の縁を絶ってやるよ……！」

　京之介は言うと、茶碗になみなみと注いだ離縁の酒を、牙をむいて開かれた弟の大きな口の中に思い切り浴びせかけた。

　そのとき、凛子でもわかるほどの、強大な妖気がぶわりと放たれたのを感じた。

　喉元に酒とそれを入れられた天月は意表をつかれ、動きを止めた。

　ひゅうっと風を切るような音がしたかと思うと、ごくりとそれを飲み下す。

「………」

凛子は息をつめて、目前で固まった狗神を見やる。

次いで、彼の口から精一杯の抵抗とばかりに、猛りくるった狼のような咆哮があがって凛子の鼓膜を震わせた。が、それきり彼は、なにか強烈な打撃でも食らったかのように勢いを失った。

京之介は、本気で天月と兄弟の縁を絶つことを望んだのだろうか。もしそうなら、記憶は消えてしまう可能性が高い。一方で、天月のほうは……？

彼はひどく消耗したようで、狗神の姿のまま、その場に腹ばいになってへたばってしまう。

「立て、天月」

京之介が、根性なしに活でも入れるかのように厳しい声で命じた。

そこで、兄のほうは記憶が健在なことがわかった。

天月が、すうっと音もなく狗神から人の姿に戻る。

「天月……」

凛子は、目の前でのろのろと半身を起こす天月をじっと見守る。

彼は口元を拭いながら立ち上がる。苦い薬でも飲んだときのような表情で。

顔色も悪い。相当、疲弊しているようだ。やはり、酒と同時に、京之介がなにか負荷を与えたのだ。

それをして、わざと戒めたように見受けられた。悪さをする弟を、兄が叱るみたいに。対する京之介のほうは、息のひとつも上がっていない。

散らかったお膳や器はそのままだが、室内の空気もすっかりと元通りになっている。

しかし、〈離縁の杯〉は酌み交わされた。兄弟の縁は断たれてしまったのだろうか。

弟のほうに酒の効果がどのように顕れるのかがわからず、〈有頂天の間〉は、たった今までの騒動が嘘のように、しんと静まり返った。

皆が、天月の出方を黙って待った。興味津々に。

凛子自身も、どうなるのか読めずに、固唾を呑んで彼を見守る。

そこへ、ぱんぱんぱん、と手を打つ音が響いた。

「お見事、お見事。よくぞここまで愉快な兄弟喧嘩を見せてくれたことよ」

拍手をしながら席を立ち、こちらにやってきたのは入道だ。

揶揄するような言い草が、癪にさわった。

すっかりと精気を失くしていた天月も、なにかもの言いたげな顔になったが、そこまでだった。

彼は言葉を発することなく、ふっと意識を失ってその場に倒れ込んでしまう。

「天月っ」

凜子は思わず叫んだ。凜子も〈成婚の杯〉を飲んだ直後に倒れたらしいが、こんなふうだったのだろうか。

入道の手下のひとりが、そうなることを待っていたかのように、いち早くしゃしゃり出てきて、畳に崩れ落ちた天月を支えた。

ただし、首元に、短刀をひたと当てて。

「えっ」

予想外の行動に、凜子は息を呑んだ。

手下は、刃をむけた天月を抱えたまま、入道のとなりに引きさがる。

「なんの真似だ」

京之介も警戒を深め、鋭く問う。

入道は、手下の腕の中で目を閉ざしたままぐったりしている天月を横から見下ろし、彼に言い聞かせるように告げる。

「長かったな、天月。しかしもう、憎き兄との縁もここまでだ。……我々とそなたの関係もこれにて終了だがな」

含みのある言い方に、凛子は眉をひそめる。

「どういう意味なの？」

悪党との関係が絶たれるのは喜ばしいが、入道の面が不穏な気で満ちているので黙っていられない。

するとと入道がにやりと勝ち誇った笑いを浮かべ、低い声で告げた。

「ここはどのみち湯攻めだ」

「どういうこと？」

たしかにまだ、凛子は彼らの要求を満たす選択をしてはいないが。

そこへ鈴梅が血相を変えて、座敷に飛び込んできた。白峰もいる。

「旦那様、一大事だべ。〈憑き物落としの湯〉から大量の湯が……っ」

同時に、ごごごご……と地鳴りが響いてきた。

すると入道が、

「ふ。残念ながら、女将がどのような選択をしようとも、どのみちこの湯屋は潰すつもりだったのだ。天月には黙っていたがね」

つまり、はじめから大鯰を操り、湯脈を動かして〈高天原〉を湯攻めにするつもりだったということか。

「ふふふ……、もはや湯水は溢れ出している。ここはじきに湯に呑み込まれるであろう。あきらめてこの湯屋を手放せ、三代目。岐禅の望んだ通りにはさせぬぞ」

入道は悦に入った笑みを浮かべてそう言ったのだった。

2.

凛子は窓から中庭を見渡した。

中庭には山に繋がる道からどうどうと大量の湯が流れ込んで、茶室のある庵はもちろん、宿舎も本館もたちまち水浸しになっていた。

〈憑き物落としの湯〉から溢れた大量の湯水が山路を下り、濁流となって、どっと中庭に押し寄せたのだ。

山中から溢れ流れてくる湯水は、中庭のわき道を抜けて三途の河にも流れ落ちるものの、このまま湯水の勢いが増せば、いずれ庵だけでなく宿舎も本館も倒壊してしまうだろう。

凛子もさすがに不安をおぼえていた。切り札は間に合うのだろうか——。

「邪魔だてはさせぬぞ、三代目。こやつの命が惜しくば、そこで指を咥えて大人しく眺めておるのだ」

入道は、刃を向けられた天月を顎で示して牽制してくる。

天月は意識を失ったままだ。

「おまえの腐れた野心のために、天月を利用するな」

京之介が唸るように言う。

「おや、さきほどはあれだけ痛めつけたくせに、弟のことはかわいいようだな。……こやつのことは、いざというときの切り札にでもしようと連れ出しただけなのだよ。身内同士で敵討ちでもしてくれれば、手間が省けてよいしのう」

このたびは良い手駒であった、と入道は笑う。

入道としては、京之介と天月が仲違いしていたほうが、その分、〈高天原〉の基盤も弱くなるからありがたかったわけだ。

「大鯰を操れるのはおまえの一族だけだ。この事態はもはや隠しようがないぞ」

みずからが首謀者だと証言しているようなものだ。

「ふはは。そうでもない。天月に利用されたとでも言えば済む話だ。その辺の生き証人どもを皆殺しにしたあとにな?」

入道は凛子や猫娘、それにあとから駆けつけた白峰たち湯屋の面々を指さしながら言った。本気で始末しそうな剣呑な目をしているから、凛子はぞっとした。

「どのみち覚悟はできておる。この湯屋の邁進ぶりはすこぶる目障りだ。あの岐禅のものだと思うと腸が煮えくり返るぞよ。世継ぎもろとも湯攻めで葬って、狗神の血族を断絶させてくれるわァ」

順風満帆な〈高天原〉に業を煮やし、みずから本腰を入れて潰しに来たといったところだろうか。陰から人を使って動いていたこれまでとは異なり、捨て身覚悟のところが恐ろしい。

「三代目よ……」

入道は京之介を、嬲るような、それでいて陶酔したような異様なまなざしで見下ろしながら続ける。

「――そなたの目は、何度見てもいかんな。澪を髣髴とさせるわ。あの忘れがたき麗しい娘を。あれもそうして怒りに満ちた目を向けてきて、私をぞくぞくさせたものよ」

「おのれ、入道……」

さしもの京之介も怒りを抑えられず、凛子でも感じられるほどに殺気立った妖気をあたりにびりびりと漂わせている。

だが、天月を人質に取られているから、こちらはなすすべがない。

「馬鹿どもがァ、これでもう、おまえら狗神の天下も終わりだなァ、はははは」

入道が腹を抱え、本館を揺るがさんばかりの大声で笑い出した。憎き狗神（いぬがみ）への報復が楽しくてならないのだ。

狗神の血統の断絶――入道の真の目的はそれなのだろう。温泉組合から追い出され、意中の女を奪われた腹いせに。

でかい図体（ずうたい）して、なんとも狭量（きょうりょう）で腐った根性の妖（あやかし）だ。

だが凛子が、その不快かつ不吉極まりない哄笑（こうしょう）をうちとめさせた。

「終わるのはあんたよ、入道」

「なんだと、小娘？」

入道がじろりと窓辺の凛子を睨（にら）む。

「見なさい、外を！」

入道の思惑に反して、濁流は急速に勢いを失いはじめていた。

「湯水が引いてきてるわ……」

窓際で中庭を見下ろしていた猫娘たちがつぶやく。

「なんだと？」

窓の外に視線を走らせた入道も、目を瞬く。

木々をなぎ倒さんばかりの勢いだった水流が、みるみるその幅を縮め、やがて小川のせせらぎに変わってゆく。ごく短い時間にそんなことが起きるから、なにか特殊な力が働いているのだとその場の全員が悟った。

「大鯰め、なぜ動かぬ……」

入道が面妖な黒い蛾を生じさせ、湯壺のある方角に放つが、黒い蛾は外に出たところで方向感覚を失い、そのまま消滅してしまう。

そうこうしているうちに湯水はさらに激減し、山肌をちょろちょろと流れる清水程度にまで収まってしまう。おそらく湯壺からはもう、湯水は溢れていないのだ。

「どうなっているんです……？」

この先どうなるのかが読めず、白峰が訊いてくる。京之介も訝しげに凛子を見てくる。

「大丈夫よ」

凛子が言うと、おりよく〈有頂天の間〉にひとりの人型の妖がやってきた。

秋草文様の洒落た袷を着た、短髪ですっきりとした顔立ちの鬼の女だ。額には一本の角が生えている。

「七緒さん……！」

凛子はほっとしながら彼女を迎えた。着物も髪型も変わり、おまけに鬼に変わっているから、凛子も再会した当初は気づくまでに少し時間がかかった。だが、それはたしかに七緒だ。

行方不明のはずの彼女がなぜここに来たのかと、一同は目をみひらく。

「親父。もう終わりにしろ。湯脈はあたしが元に戻したよ」

七緒が冷静な声で告げた。

彼女が親父と呼んだ相手は、なんと入道だ。

「七緒……、そなた……なぜここに……」

入道は、思わぬ相手の登場に驚愕している。

湯屋の面々も、入道を親父と呼ぶ彼女に驚き、いったいどういうことだと顔を見合わせ、ざわめく。

「七緒は入道の娘なの」

凛子が奉公人たちを見回して告げた。

「そうだったのか？」

京之介が七緒を見やる。

「入道に、鬼の女との間に子がいたらしいことは聞いているが……」

まさかそれがここ数日一緒に過ごした七緒だったとは――。

「私も驚いたわ。〈金毘羅屋〉に行く前、私は七緒さんの腕輪をほどいてあげたの。あれが、実は記憶を封じ込める呪糸だった」

もちろん彼女自身もそれを知らない状態だったが、呪糸をほどかれ、すべての記憶が戻ったのだ。

そこで七緒は、自分が入道の娘であることを思い出した。そして〈高天原〉とは因縁のある存在であることも。

だから、そこにいてはまずいと気づいた七緒は、〈金毘羅屋〉から京之介たちが戻る前に、あわてて姿を消したのだ。

「だれに記憶を封じられたんだ……？」

京之介が七緒に問うと、

「入道よ」

彼女に変わって凛子が答えた。

「七緒さんはこれまでずっと、この父の命令に従って人間界に留まり、人攫いの仲立ちをして暮らしていたけど、そんな、人を妖に卸して金を稼ぐなどという行為にはずっと反対だったそうよ」

凛子に続いて、七緒が苦々しい表情で語りだす。

「そう。あたしは親父に何度も悪業からは足を洗ってくれと訴え続けてきた。だが、親父は決して聞き入れてはくれなかった。おまけに、ほんの数年前、あたしが人間の男と本気の恋に落ちると、脆弱（ぜいじゃく）な人間などを相手にしてもろくなことがないと反対して、頑としてその仲を認めようとしなかった。だから、あたしは愛想を尽かして、もうあんたには手は貸さないと宣言したんだ。そうしたら、親父は激怒し、あたしとの縁を絶った」

「そして過去の行状をばらされないよう七緒さんに記憶封じの呪いをかけて、人間の郷へ追放したの。――そうでしょう、入道？」

凜子が鋭い視線を入道に投げる。野心のために娘までを捨てるなんて、非情な父親だ。

「ぬぅ……、愚かな我が娘の呪糸まで解くとは」

入道の眼がふたたびぎろりと凜子に向いた。

「十年前、この狗神にかけてやった呪糸も、そなたが解いたのだと聞いた。そなた、まことに忌々（いまいま）しい輩（やから）よのう、一体、何奴なのだ？」

「ただの人間です」

凜子は怒りを漲（みなぎ）らせた入道の剣幕に内心恐々としながらも、正々堂々と返す。

すると入道は七緒に視線を戻し、身勝手をはたらいた娘の面（おもて）を睨み据える。

「七緒よ、おまえはなぜこの湯屋に戻ったのだ？」

非難じみた声音（こわね）で責められ、七緒の表情が渋くなった。彼女だって、こんな事態は決して望んでいなかっただろう。

「大事な人との思い出を綴った〈恋ごよみ〉を湯屋に忘れてきたことに気づいた。それで、どうしても取り戻したくて戻ったんだよ」

七緒はそっけなく答えた。

そう、そのとき偶然、凛子と出くわしたのだ。

数日前、凛子が茶室から宿舎の私室に戻ると、そこにはすっかりと様変わりした七緒がいて、着物や小物がしまってある凛子の行李の中を漁っていた。

凛子は、逃げようとする七緒を引き留めた。

すると七緒は仕方なく、記憶が戻ったこと、自分が入道の娘であることなどを打ち明けてくれたのだ。

「七緒さんは、過去を悔やんで、この先どうするべきか迷っているようだった。だから私、説得したの。もうお父さんに従う必要なんかない。お腹の子のために、過去は清算して、自分が正しいと思っている道を進めばいいって。……だって、だれかから逃げ隠れしなきゃいけないお母さんなんて嫌じゃない」

凛子が言うと、

「腹の子だと……？」

入道が虚をつかれたような顔になった。

「そなた、もしや——」

「そうだよ。あたし、腹に子がいるんだ」

七緒がわざとぶっきらぼうに告げると、

「あの人間の子だな……？」

入道が七緒から目を背け、不愛想に問い返す。

互いに刺々しい親子である。

けれども、そこではじめて七緒が表情をやわらげ、苦笑した。

「そうだ。あたしらは人間に弱いよな。親子で骨抜きになっちまってさ」

入道も京之介の母親に惚れ込んでいた。人間が好みなのは本当に血筋なのかもしれない。

七緒が自分の腹に手をやって告げた。

「……この子はもう、春には生まれるんだ。だから、どうか大昔の優しい親父に戻ってくれよ。〈八泉閣〉に一緒に通っていた頃みたいにさ」

〈八泉閣〉——入道が贔屓にしてきたという湯屋だ。凛子のさらに知らない遠い昔の話だろうか。

血の繋がった娘である七緒がこうして祈るような目をして言うのだから、悪に染まっておらず、娘と手を繋いで馴染みの湯屋に通ったようなおだやかな時期もあったのかもしれない。

だが、優しい入道というのが凛子には想像がつかない。京之介の母を追いつめ、父を死に至らしめ、さらに京之介を傷めつけて寿命を奪ったこの妖などは残忍で、欲深く、救いようのない悪党でしかありえないのだ。

そこへ折よく、郷奉行所から与力の征良たちが「御用だ」と乗り込んできた。

「征良さん……！」

タイミングのよさに凛子は感嘆した。

天月に刃を向けていた入道の手下が、早々に手をひいて彼を畳に横たわらせた。

濃紫の半纏に股引穿き姿の捕り方たちが、ただちに広がって入道を取り囲む。

「入道。温泉郷に関わるこれまでの悪行の数々、さる人物から証言を得て、ここに罪状が出そろった。神妙にお縄につけ」

征良がどさりと罪状を入道の前に叩きつけて命じた。

半紙の綴りなのだが、国語辞典ほどの厚みがあって彼の罪の数を物語っている。

「ぶ厚っ。どんだけ罪を犯してきたのよ……」

凛子は思わずつぶやいてしまった。

「さる人物とはだれのことだ」

気勢を削がれた入道が、低い声で忌々しげに問う。

「ぜんぶあたしが郷奉行所で自白したんだよ」

七緒が、征良の横で無感情に告げた。

「なに?」

入道は娘の裏切りに愕然とする。

「年貢の納め時だ、親父。二代目は始末できた。もうカタはついたんだ。あんたはあそこで終わりにすべきだったんだよ。あたしはずっと心苦しくてならなかった」

七緒は恨みがましく父を見やる。

「………」

入道は目線を下に向けたまま、じっと押し黙っている。なにを考えているのかはわからない。反撃の隙をうかがって妖力を蓄えているのか、あるいは、悔いているのか。

「ここで、終わらせねばならぬか……」

入道が唸るような声でひとりごとをつぶやくのを凛子は聞いた。

どういう心持ちでつぶやいたのかはわからない。終わるのが悔しいのか、それともあきらめて、自身に言い聞かせていたのか。

捕り方が、入道の巨体に縄をかけた。

妖たちはみな、ここまでくるとおおむね観念する。以前、夜道怪が捕らえられたときもそうだった。下手に暴れて刑期が延びたり、地獄に送られるよりは、おとなしく召し捕られ、郷奉行の同情を買ったほうがいいからなのだろう。

「七緒、そなたもだ」

捕縄をかけられる前に、征良が一言、告げた。

「ああ、わかってる」

「七緒さん……」

凜子は思わず引き止めたくなる。せっかく入道の罪を暴き、湯屋の窮地を救ってくれたのに。

「あたしもいろいろやらかしちまったから、一緒に行くよ」

七緒は覚悟していたようすで言う。

「本当によかったのか？」

事の次第を知った京之介が問う。父を郷奉行に売るような真似をしてよかったのか、と。

「ああ。そっちこそよかったのか？　案の定、親父は容赦がなかった」

七緒が窓のほうを顎先で示し、問い返してくる。中庭に流れ着いた湯水は、さらに本館

や宿舎の中にまで流れ込み、どこもかしこも水浸しになってしまった。が、

「客に被害はないようだし、湯脈が戻ったのなら御の字だ」

京之介はそう言って少しほほえんだ。

すると征良が意識を失ったままの天月を見ながら、京之介に告げる。

「弟君もいくつかの罪に問われているが」

入道とつるんでいたから、当然、同罪とみなされるケースもあるだろう。

「弟に関しては——」

京之介が袂から、じゃらりと小判の連なったものを取り出し、征良に差し出して言った。

「少しだけ、猶予を与えてもらえないか？」

「えっ」

袖の下、しかもいつのまにそんな大金を？　と思わず凜子はつっこみたくなったが、

「うむ……」

征良は無言のままひと思案したあと、

「よいだろう」

素直にそれを受け取り、袂に収めた。金で動くタイプの男ではないから、おそらく京之介の意思を汲み取ってくれたのだ。

「念のため両手を縛らせてもらうが、かまわぬか」

「ああ。もちろんだ」

京之介は心得ていたようすで頷く。

捕り方が天月のもとに屈み、八寸ほどの幅を持たせて彼の手首に捕縄をかけた。解き方しかほどくことはできないから、手錠をかけられたようなものだ。

「これで派手な動きや妖力が封じられる。お凛殿は、くれぐれも解いてしまわぬように頼む」

征良に念を押され、

「わかりました」

凛子はしかと頷いた。天月自身は直接手を下してはいないのかもしれないが、不当な商いをしたり、残忍な行為を面白がって傍観していたのなら同罪だ。犯した罪はきちんと償ってもらわねばならない。

郷奉行の一行が〈有頂天の間〉を出ていってしまうと、事態がほどほどに丸く収まったことにほっとして、凛子の肩から力が抜けた。

「まさか七緒が入道の娘だったとは……」

京之介が意外や意外といった顔でつぶやいた。

「よい助っ人が現れたものですね」

途中から駆けつけて事態を見守っていた白峰も言う。

「ああ。我が妻が引き寄せる縁の力には、まことに感服しているよ」

京之介は誇らしげに、ほとんど敬意を込めて凛子にほほえむ。

「七緒さんからは、万事休すという状況になるまでは、自分の存在は黙っておいてと言われていたの。できれば、もっと静かにこの湯屋を去りたかったんじゃないかな……」

もしも今日、取引が丸く収まれば、七緒自身はひっそりと郷奉行所に出頭するつもりだったのだ。そういう約束で、征良とも話がついていた。

実際は、湯攻めがはじまってしまったからこれを止めざるを得なくなり、すべてを皆の前でぶちまける羽目になってしまったけれど。

「ところで、天月たちとはどんな取引をしたんだい？」

そういえば、京之介は内容を知らなかったのだ。

凛子はあの理不尽な取引のことを京之介に話して聞かせた。〈離縁の酒〉を飲んでここを去るのか、湯屋を湯攻めにしてでも残るのか――。

「お凛殿は、もしもあのまま七緒が来なかったとしたらどうしたんです？」

白峰が質問してくる。

それは凛子も考えたことだった。

「やっぱり、京之介さんに全部話していたと思う」

「俺に?」

京之介は意外そうだ。

「そう。京之介さん、前に言ってたじゃない、これからはなんでも俺に話してほしいって」

「ああ、〈子宝の湯〉でね」

「私もよくわからないけど、夫婦とか家族って、そのための存在でもあるんだと思う。迷ったり、困ったりしたら、みんなで相談しあって決めるの。信じあえる相手となら、きっといい答えが見つかると思うの。私は京之介さんなら、相談してもいいなって……」

「夫婦だから?」

京之介がふっと嬉しそうにほほえむ。

「そう」

凛子が頷くと、

「おや、お凛殿が認めたのなら、我々も認めるしかありませんね」

白峰が意外にもここですんなりと折れた。

みんなの前で恥ずかしいことを言ってしまったなと気づいた凛子は、あわてて話題を変えた。

「それより私は、まさか京之介さんが離縁のお酒を天月に飲ませるとは思わなかったわ」

捕縄をかけられて横たわる天月の青白い顔に目を移して言う。

「ああ、賭けみたいなものだが……」

京之介も天月のそばに行って膝をつく。

〈成婚の杯〉を酌み交わした夫婦ではないから、酒の効果がどのように現れるかはわからない。

「そういえば京之介さん、あのとき、天月になにをしたの？」

凛子は天月の身柄を抱き起こしている彼にたずねる。

あの、離縁の酒を口に浴びせた瞬間のことだ。

「ああ、あれは愛情を与えてあげたんだよ」

京之介はにっこりと笑って言う。

「はぐらかさないでよ」

「本当のことだ。好き勝手やりすぎていたから、叱ってやっただけだよ」

京之介は言い直すと、天月を大事そうに横抱きにしたまま、〈有頂天の間〉を出ていく。

「そうなんだ……」

昔、凛子が同居していた従兄も、転んで怪我をした弟をああやって大事そうにおんぶして家まで連れて帰ったことがあった。

大嫌いな兄弟だったけれど、目には見えないふたりの兄弟の絆みたいなものだけは、いつも羨ましかったものだ。

離縁の酒を酌み交わしてしまった兄弟だが、少なくとも京之介のほうは弟を忘れていない。

となれば、あの攻撃は、たしかに彼の愛情だったのだろうと凛子は思った。

3.

〈高天原〉の奉公人たちは総出で、床上浸水の建築物の修復、修繕作業に取り掛かった。

京之介は白峰や勘定方らとともに、詰め所で今後の打ち合わせなどをはじめる。

凛子は、京之介から本館の五階で眠る天月の様子を見守るように言いつけられた。

この階に上がれるのは身内だけのようで、凛子はこれまで自分と京之介以外を見かけたことがないのだが、ちゃんとおなじ階の居間に天月を寝かせているところを見ると、やはり弟のことが大事なのだなとほほえましくなる。

しかし相手は生粋(きっすい)の狗神だ。どのような状態で目覚めるのか予測がつかず、ひとりではあまりにも心もとなく、京之介も心配だったようで、今回のみ、特別に許しをもらって鈴梅もそばにいてもらった。

「天月様は、ここを出てから、ずっと苦しんでいらっしゃっただか」

鈴梅が、枕元で天月を見守りながらつぶやく。

天月は規則正しい呼吸をくりかえし、静かに眠っている。

「うん。父の真意も知らず、兄に対しても素直になれずに関係をこじらせて……」

居場所を失くしてしまった天月は、その焦りやもどかしさを、どうしようもない極悪人とつるんで悪さすることで晴らそうとしたのだろう。いつか、兄が気づいて叱ってくれるようにと、どこかで祈りながら——。

「あ」

凛子は、彼が目を覚ましたのに気づいた。

「天月様……、気づいただか」

鈴梅が顔を覗(のぞ)き込む。

「痛ってぇ、喉が焼けそうだ。兄上のやつ、あいかわらず容赦(ようしゃ)ないな」

天月が喉元を庇うように押さえながら、のろのろと半身を起こす。

凛子と鈴梅は顔を見合わせた。

「今、兄上って言わなかった？」

「言ったべ、あたしもたしかに聞いただよ」

「お兄さんのこと、覚えてるの？」

凛子は驚きつつも、京之介とおなじ、琥珀色の双眸を見つめて慎重に問う。

「あたりまえだろ」

天月は平然と答えたあと、はたとこちらを見た。

「おまえは、だれだっけ？」

「え？」

「これはお凛ちゃん。旦那様の嫁だべ」

鈴梅が説明すると、

「えっ、これが兄上の嫁なの？　この貧相な人間の娘が？　あんな完全無欠の完璧な兄上なのになんでこれが嫁？　温泉郷七不思議のひとつに入るんじゃないの？」

天月は一気に淀みなくそこまで言いきった。

凛子は鈴梅と顔を見合わせた。

「どうなってるの？」

兄のことは覚えているのに、凛子のことはわからないだなんて。

「俺たちの喧嘩（けんか）の邪魔してきたうっとうしい女だなってことはぼんやり覚えてるよ」

「俺たちの喧嘩……？」

たしかに兄弟喧嘩には違いないが。

「入道のことは？」

凛子は気になって訊いてみる。

「入道？　だれだそいつは？」

天月は小首をひねる。

「あんたを家出させた悪党よ」

「悪党……？　俺って家出してたのか？」

天月はきょとんとしている。

「ぜんぶ忘れちまったべか？」

「俺は兄上と喧嘩してたんだよ。それだけははっきりと覚えてる」

「じゃあ聞くけど、なにが原因の喧嘩だったのか思い出せる？」

凛子は変に刺激しないよう、やんわりと問う。

「なにって……、あれ、どうしてだっけな。たしかに喧嘩してたことは覚えてるのに。ああ、お酒だ。思い出した。お酒絡みだったよ。でも、なんでお酒なんだろな。飲み比べでもしてたのかな……」

天月は額を押さえ、混乱しだす。

「記憶が濁ってしまったんだわ……」

兄への敬愛と、凛子を邪魔者扱いする点は変わっていないようだが。

凛子も〈成婚の杯〉を飲んだあと、よく似た状態に陥ったからよくわかる。

「あんたがお兄さんに飲まされたのは〈離縁の杯〉よ」

「離縁……？」

「そう。もしもあんたが本当に、兄にも、この湯屋にも未練がないのなら、喜んで酒を飲むだろうと思った。でも、あんたは飲もうとしなかったの。お兄さんが大事で、この湯屋に戻ってきたいという気持ちがあったからでしょうね」

「でも、兄上は無理やりそれを俺に飲ませたのか？」

「そう。京之介さんはあんたの本心なんかとっくにお見通しだったと思うよ。離縁の酒ごときで自分たちの縁は断てないって、わかってて飲ませたんだと思う」

あるいは、そう信じていた。信じたかったから、飲ませたのだ。

「…………」

天月は神妙な顔で押し黙った。

「京之介さんはあんたを忘れていないし、あんたも兄のことを忘れなかった。だから、あとはあんたが謝って、仲直りするだけよ」

凜子が促す(うなが)と、

「なにをしたか覚えていないのに、謝れと？」

天月はまだそんなことを言う。

「ばかっ。覚えていないからこそ、それがあんたにとってとてつもなく罪深き行いだったってことなんじゃないの。きれいに忘れさせて、一からやり直す機会を与えてくれた京之介さんに感謝しなよ」

活(かつ)を入れるように言ってやると、天月は今度こそおとなしく閉口した。

なにがどうで、どうなったのか、おおまかな流れは本能で悟っているのだろう。

「大丈夫よ。京之介さんは、ちゃんとあんたを許してくれる」

凜子は励(はげ)ますように言って、そっと天月の肩に手を置いた。が、

「そんなのわからないだろ。俺が兄上なら絶対に許さないいね」

天月は凜子の手を振り払って言う。

「京之介さんはあんたとは違うのよ。幼い頃からつらい思いをたくさんしてきたあの人は、いまさらだれかを傷つけようなんて思わない。あんたのことだって、いつでも許し、受け入れる準備ができているわ。だから素直に謝りなさい、天月」

凛子が押し切ると、少し沈黙していたが、

「……わかったよ、義姉さん」

天月はようやく叱られた犬らしく、悄然と肩をすくめて言った。

そこへ、お膳を抱えた猫娘を連れて、京之介がやってきた。

「気づいたようだな、天月」

立ち聞きでもしていたのか、京之介の表情はおだやかだ。

「兄上」

京之介の姿を見たとたん、天月がわずかに緊張したのがわかった。

「旦那様が、食膳をご用意してくださったの。召し上がって」

猫娘たちが次の間にお膳を並べてくれる。

「ありがとう」

凛子は礼を言った。上品な懐石料理風のお膳だ。つきっきりで見張っているから食事の時刻も忘れていたが、そういえばお腹がすいている。

「具合はどうだ。俺がだれだかわかるかい？」

京之介が問う。まったくの平常を装っているけれど、彼のことだからありとあらゆる可能性を想定したことだろう。

「わかるよ。兄上と、そっちはお座敷係の猫娘たちだろ」

天月は、ずっと一緒に暮らしていた家族みたいに気安く話す。

「どうやら家出後の記憶だけが消えているみたいなの」

凜子が天月の状況を軽く話して聞かせると、京之介はほっとしたような顔になった。

〈離縁の杯〉は本来、忌まわしい記憶や忘れたい記憶を消すことができる霊酒だ。天月が、なにを悔いていたのか、京之介にもよくわかったのに違いない。

そしてそれに関して彼が、弟を責めるようなことはなかった。

「天月、お腹空いたでしょう？　ご飯を食べなよ」

凜子はお膳を、天月が寝ている布団のとなりに持ってきて勧めた。

「あんまり食欲ないな……」

天月がお腹を撫でながらつぶやく。

「おまえは体が弱いから、たくさん食べて精をつけないと」

京之介が言うと、天月はしれっと言った。

「わかった。じゃあ、兄上が食べさせて」

「は？」

凛子は耳を疑った。

「だって、こんな縄かけされてたら食べにくいだろ。はい、あーん」

天月は言葉の通り、あーんと口を開けて待っている。

「たしかに食べにくいとは思うけど……」

見るからに、兄を困らせるための芝居だ。

「天月様はお凛ちゃんと旦那様のどっちを困らせたいのですか？」

由良が腰に手をやって問うと、

「んー、どっちも」

「さすが天月様。性格悪ーいっ」

紗良が笑った。

「早く食べさせてくれよ、兄上」

天月が偉そうに催促する。なんとも面の皮が厚い弟である。が、

「いいよ」

京之介はあっさりとこれを承諾したので、凛子はぎょっとした。

「いいのっ？　京之介さん、ダメな弟に甘すぎじゃない？」

「天月が元気になってくれるなら、どれだけでも食べさせてあげるよ」

京之介はにっこり笑って、天月の口に刺身をつっこんだ。

「やだ、おふたりとも絵になるゥ。お凜ちゃんの出番はないわね」

兄弟水入らずのふたりを見て紗良がはしゃぐので、

「たしかにないね。なんかおもしろくないわ」

凜子は弾かれたような心地になって、むくれた。

「天月様ったら、ちっとも昔と変わってないべ」

「そうね。この先きっと、何度でも旦那様に迷惑かけるわよ。お凜ちゃんにも」

鈴梅と由良が、懐かしそうに笑いながら言った。

ここに天月がいた頃を知る彼女たちは、みな楽しそうだ。

それは当時の暮らしが決して息苦しいことばかりではなかったということで、京之介が天月を探していたのは、父の遺言（ゆいごん）にかかわらず、彼自身が彼との時間を取り戻したかったからなのだろうと凜子は思った。

「兄上」

京之介から、二、三口、食事を与えられたあと、天月は兄の手から箸（はし）をとった。

「心配ばかりかけてすまなかった」

悪ふざけにも満足したようで、潔く、真剣に頭を下げる。

「ああ。兄弟ってのは、心配をかけあうもんだよ」

京之介があたたかい目をして告げた。

「おまえが行くべき場所は、まずは郷奉行所だ、天月」

「そこって罪人がいくところじゃないか」

天月は、湯呑みに注がれたお茶を飲みながら他人事のように言う。だが、すでに心得ていたような目をしている。

「そうだ。そこで務めを果たしたら、またここに帰ってこい」

ずっと待ってるから。

京之介がそう言ってほほえむと、

「わかったよ」

天月は素直に頷いた。

それは凛子が見たことのない、ものわかりのよいお利口な弟の表情なのだった。

終章

事件からひと月半が過ぎた。

気温がめっきり低くなり、冬も近づいてきたある日。

明け六ツ（午前六時）を過ぎて予約客も帰ってしまったので、凛子は早々に抜き湯をして本館四階〈月見の湯〉の湯槽の清掃をしていた。

東の空から陽の光が差し込んでくる気配がして顔をあげると、ちょうど京之介が浴場に入ってきた。

「おかえりなさい」

凛子は空の岩風呂から上がって、オサキたちと京之介を迎えた。

彼は、郷奉行所にいる天月に面会に行って戻ったところだ。

「どうだった？　天月は元気に服役していた？」

「まああだったよ。周りの連中ともそれなりに馴染んでいるようだった」

京之介は懐いて登ってきたオサキたちをくすぐって床に放しながら、にこやかに答えた。

「長くなりそうなの？」

「あいつの態度によりけりだが、入道（にゅうどう）と違って主犯格ではないし、大金積んでおいたから、それほどでもないと思うよ」

「え、またお金を積んだのっ？」

凛子はぎょっとした。保釈金的なものだろうか。

「お奉行の胸三寸で決まることだからなんともいえないけどね」

「そうやってお兄ちゃんが甘やかすから、天月はああなったんじゃないの？」

凛子はつい非難めいた言い方をしてしまう。

しかし、京之介はまじめな表情で言った。

「いいんだ。本当の罰は心に下っている」

「どうしてわかるの？」

凛子には、ここを出るときにもぴんぴんしていて、反省のひとつもしていないように見えた。

「最近はそうでもないようだが、事件からここを出るまではずっと、食事をまともにしていなかっただろう？　好物の肉料理さえも残していた」

「あ、言われてみれば……」

凛子にも、いつもふざけて「あーんしろ」とか言いつつ、適当に食い散らかしたふりをして誤魔化し、残していた。

「具体的にははっきりはしないだろうが、罪を犯してきたことはわかっているんだ。ずっと迷惑をかけてきたことも。それを悔やんで、食が細くなってしまったんだろう。ああ見えて、繊細なやつだからね」

具体的な記憶がなくなってむしろよかったのだと京之介は言う。本気ですべてを悔やみだしたら、心が壊れてしまうかもしれないから、と。

凛子はふと、思い出して言った。

「結局、どうして天月が氷室から私を出してくれたのかは、謎のままだわ」

記憶が濁ってしまったから、本人すらもわからない状態だ。

「そこは大好きな兄の嫁だったから助けたってことでいいんじゃないか?」

京之介はおおらかに言う。

「京之介さんたら、優しいわね」

天月には基本的に甘く、彼を責めるということがない。

「根拠があるんだよ」

京之介が言った。

「君が〈金毘羅屋〉の階段から突き落とされたとき、オサキに助けられただろう？」

「ええ」

「あのオサキ――というか狗神鼠は、天月のだったんだよ」

「えっ？」

凛子はきょとんとした。

「あの日、俺は蟒蛇に酒を飲まされて酔っていたせいで、君に狗神鼠を仕込むのをうっかり忘れてしまったんだ。だからあれは天月の遣わした狗神鼠に違いないんだよ」

たしかにあのときのオサキたちは、ものすごく天月に懐いていたけれど。

「でも、どうして突き落とした本人が、私を助けるの？」

何のために突き落としたというのだ。

「さあ。詳しい事情は俺にもわからないが、とにかく天月自身には、本気で君を殺したり、痛めつけたりする気はなかったということさ」

京之介は言い終えると、欄干のほうに向かう。

「そうだったんだ……」

凛子は、京之介が天月を理解し、弟として愛している理由が、少しずつわかりはじめてきた。

それから凛子も彼のとなりに向かい、夜明けの温泉郷を眺め下ろした。

この位置からは日の出は見えないが、郷全体が薄ぼんやりと明るくなっている。

朝靄がうっすら立ち込め、中国の古都のような街並みがその向こうに広がっている。湯屋の煙突から出る煙が幾筋も見える。もうすっかりと見慣れたおなじみの景色だ。

「白峰さんから聞いたの。ここが吹き抜け構造になっているのは、十年前に入道と争ったときの騒動のせいなんだって」

元通りに壁を入れて補修していないのは、京之介自身が、二度と私情に駆られて行動を起こさぬよう、自らへの戒めとしたためなのだと。

「ああ、そうなんだ。当初は壁が飛んで、半壊状態だったんだよ」

京之介は少し苦笑した。

「ここから温泉郷を見下ろすときは、いつも苦しかったの……？」

自分の過ちを責めていたのだろうか。

「そんな時期もあったが……、今は、きみに会うための必然だったのだと思える。思い出すたびにつらかった記憶が、今となっては宝に思えるんだ。十年前、〈玉響の湯〉に投げ込まれて君と繋がってから、すべてが変わっていった。俺にとってまたとない良縁だ」

遠く温泉街のほうを眺めながら、京之介がしみじみと言う。

「まだ、人間の郷に帰りたいと思うかい？」

彼が顔を覗いてきた。

「思ってたけど……、それ以上に、こっちにいたいって思う気持ちのほうが大きいの。天月に取引を迫られて、そのことに気づいたわ」

「つまり、離縁の話はなかったことにして、ずっと俺のそばにいてくれるということだな？」

京之介がにやにやしながら念を押してくる。

「……つまり、そういうことね」

凛子は少々赤くなりながら認めたが、

「結局、京之介さんの言う通りになったのだと思うと、とてつもなく悔しいわね」

素直になり切れず、つんと横を向く。

でも、夫婦という、まずは一番小さな単位の家族が凛子にもできたのだ。どの世界で生きようとも、これからはひとりじゃない。

「あとは、呪いだけだね……」

凛子は京之介の首元に視線をおろし、手を伸ばしかける。

この緋色の組紐を目にするときはいつも、不思議な感覚にとらわれる。

自分なら、きれいに解ける。自分がそのために存在するかのような錯覚さえ抱いて惹きつけられるのだ。

けれど京之介は、静かにその手をとり、押さえ留めた。

「これを解くのは永久に不可能だ。ずっと前にあきらめたよ。それにこの先、君のいない世界を長々と生きるより、君と共に充実した日を送ったほうがずっといい。だから、もう気にしていないんだ」

彼はそのまま掴んだ手を引いて、凛子を体ごと抱き寄せた。

いきなり懐に抱かれて、凛子はどきりとした。

「さしあたって俺たちがすべきことは、夫婦らしく同衾して夜を過ごし、ふたりのかわいい子を儲けることだな」

耳元で告げられて、凛子は真っ赤になってどぎまぎしてしまう。

「……そ、そこは人間の尺で考えて。私はまだ二十になったばかりなんだから、母親になる気はないわ」

「今夜から、さっそく一緒に寝ようか」

にっこりと笑い、お得意の聞き流し作戦で強引に進めてくる。

「い、狗神の姿だったら考えてあげてもいいよ。あのふかふかの体を枕にしたらよく眠れそうだもの」

凛子が京之介から逃れようとじたばたしながら言うと、

「いいよ。君が寝入ったら人型に戻って好きなようにさせてもらうから」

しっかりと抱きすくめてダメ押しされてしまう。

そこにオサキたちがふたりの体にするすると登ってきて「クッツイタ」「クッツイタ」とはしゃぎだす。

どのみちいつも一緒に寝ていたオサキたちと変わらないこの抱かれ心地だ。

どっちでもよく眠れそうだなと凛子はひそかに思ったのだった。

※この作品はフィクションです。実在の人物・団体・事件などにはいっさい関係ありません。

集英社オレンジ文庫をお買い上げいただき、ありがとうございます。
ご意見・ご感想をお待ちしております。

● あて先
〒101-8050　東京都千代田区一ツ橋2-5-10
集英社オレンジ文庫編集部 気付
高山ちあき先生

異世界温泉郷
あやかし湯屋の恋ごよみ

集英社
オレンジ文庫

2019年11月25日　第1刷発行

著　者　高山ちあき
発行者　北畠輝幸
発行所　株式会社集英社
〒101-8050東京都千代田区一ツ橋2-5-10
電話【編集部】03-3230-6352
【読者係】03-3230-6080
【販売部】03-3230-6393（書店専用）
印刷所　図書印刷株式会社

※定価はカバーに表示してあります

ISBN 978-4-08-680283-3 C0193